Farsa da Boa Preguiça

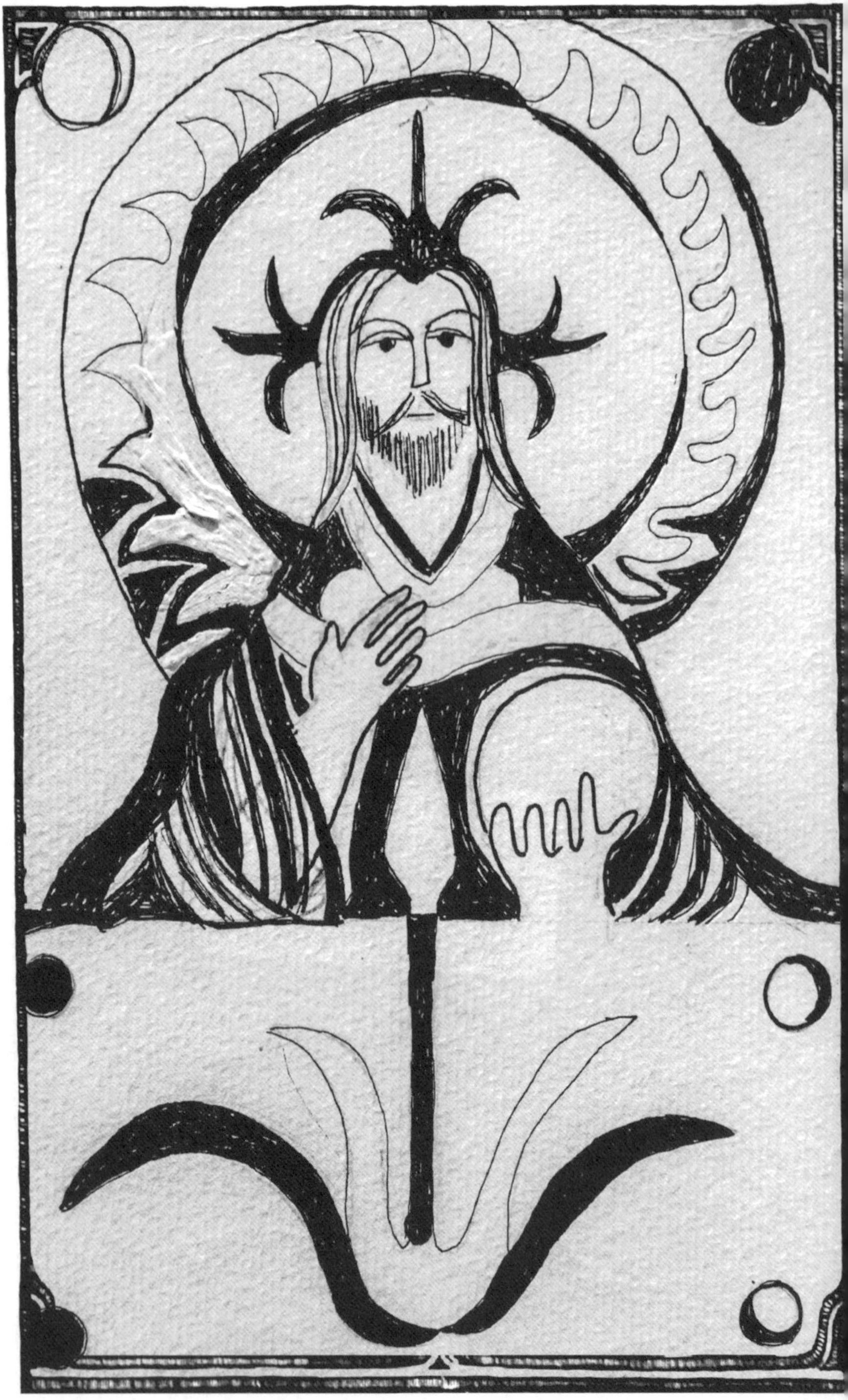

ARIANO SUASSUNA

Farsa da Boa Preguiça

Ilustrações de
Manuel Dantas Suassuna

Edição XIII

EDITORA
NOVA
FRONTEIRA

Copyright © 1960 Ilumiara Ariano Suassuna
Copyright desta edição © 2020 Editora Nova Fronteira Participações S.A.
Copyright das ilustrações © 2020 Manuel Dantas Suassuna

Direitos de edição da obra em língua portuguesa adquiridos pela EDITORA NOVA FRONTEIRA PARTICIPAÇÕES S.A. Todos os direitos reservados. Nenhuma parte desta obra pode ser apropriada e estocada em sistema de banco de dados ou processo similar, em qualquer forma ou meio, seja eletrônico, de fotocópia, gravação etc., sem a permissão do detentor do copirraite.

EDITORA NOVA FRONTEIRA PARTICIPAÇÕES S.A.
Av. Rio Branco, 115, salas 1201 a 1205 – Centro – 20040-004
Rio de Janeiro – RJ – Brasil
Tel.: (21) 3882-8200

Ilustração de capa: Zélia Suassuna

CIP-BRASIL. CATALOGAÇÃO NA PUBLICAÇÃO
SINDICATO NACIONAL DOS EDITORES DE LIVROS, RJ

S933f
13. ed.

Suassuna, Ariano, 1927-2014
Farsa da Boa Preguiça / Ariano Suassuna; ilustração Manuel Dantas Suassuna. - 13. ed. - Rio de Janeiro: Nova Fronteira, 2020.
272 p. ; 21 cm.

ISBN: 9788520942888

1. Teatro brasileiro. I. Suassuna, Manuel Dantas. II. Título.

20-63295
CDD: 869.2
CDU: 82-2(81)

Meri Gleice Rodrigues de Souza - Bibliotecária CRB-7/6439

Esta peça é dedicada, com amor, a Zélia, minha mulher, e a Deborah e Francisco Brennand, em testemunho de quinze anos de fiel amizade.

A.S.

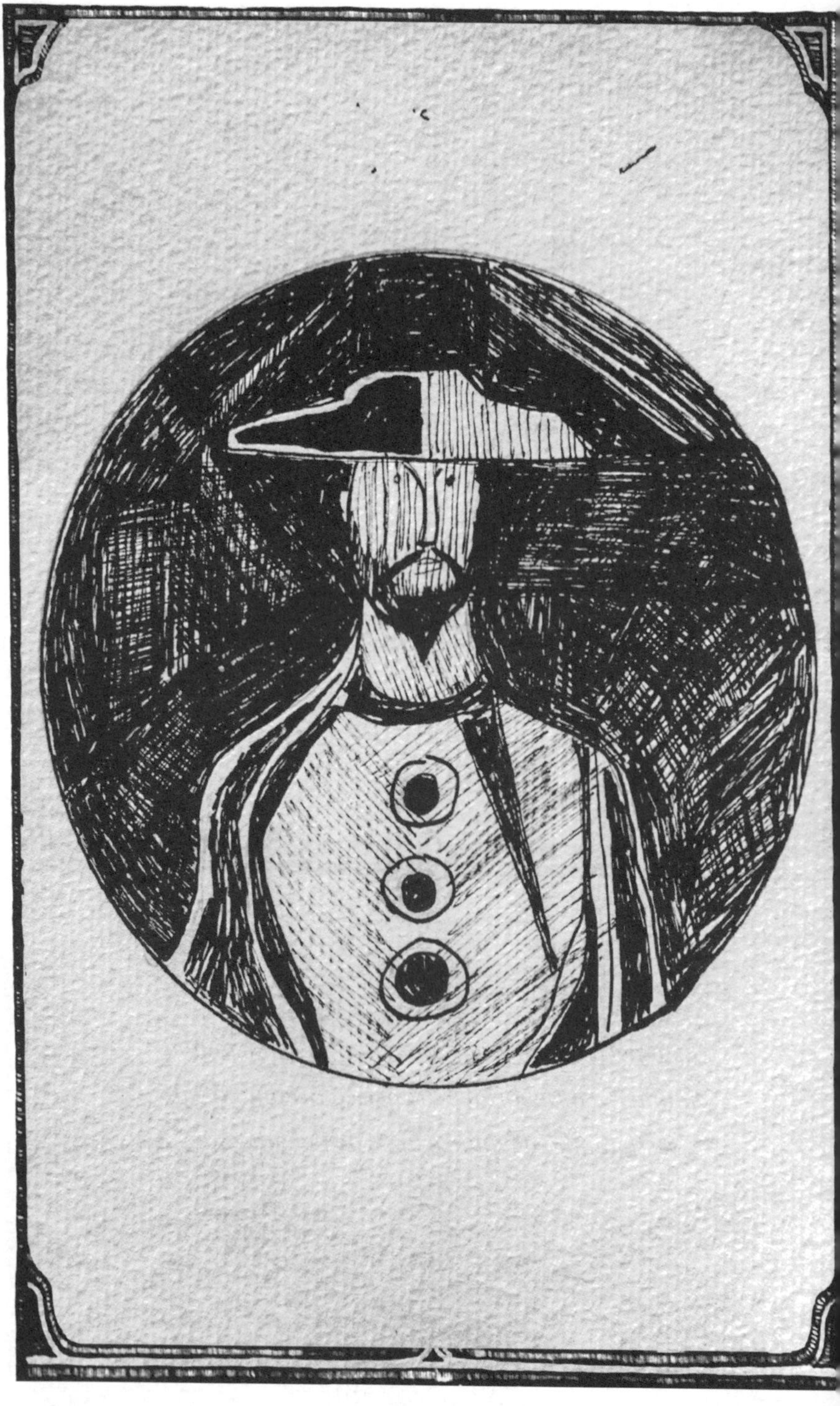

Sumário

A *Farsa* e a Preguiça Brasileira   9
Advertência   27

Primeiro Ato - O Peru do Cão Coxo   28
Segundo Ato - A Cabra do Cão Caolho   98
Terceiro Ato - O Rico Avarento   174

Nota Biobibliográfica   264

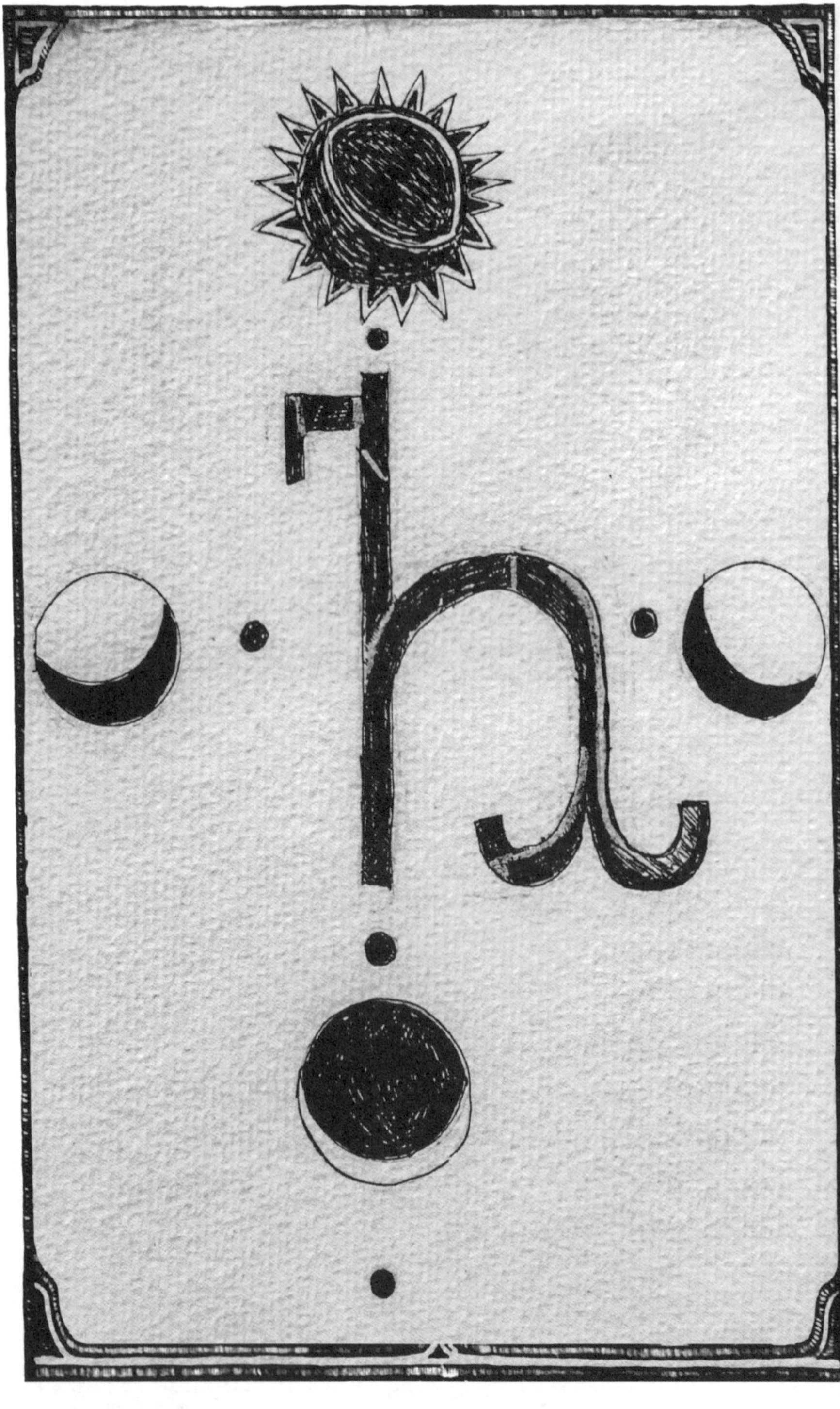

A Farsa e a Preguiça Brasileira

Quando da estreia desta peça, em 1961, no Recife, fui muito acusado por certos setores do pensamento — pelos marxistas, principalmente — de estar aconselhando o Povo brasileiro à preguiça e ao conformismo, fazendo o jogo dos que desejavam "impedir e entravar sua luta de libertação". Naquele ano, como os que me acusavam eram os poderosos do dia, calei-me por orgulho, não me defendi nem expliquei o verdadeiro espírito da peça, porque não costumo dar explicações aos poderosos. Hoje, a situação é diferente, e vou tentar fazê-lo aqui.

A meu ver, a *Farsa da Boa Preguiça* tem dois temas centrais. Nela, não defendo indiscriminadamente a preguiça — coisa que, aliás, não poderia fazer, pois ela é um dos "sete vícios capitais" do Catecismo. De fato, creio que isso fica bem claro, na peça. No Teatro antigo, havia uma convenção, segundo a qual, no fim da história, o autor podia dar sua opinião sobre o que acontecera no palco. Era a chamada "licença", ou "moralidade". Pois bem. Na "licença" da *Farsa*, numa das estrofes finais do terceiro ato, diz um dos personagens:

"Há uma Preguiça com asas,
outra com chifres e rabo.
Há uma preguiça de Deus
e outra preguiça do Diabo."

Na verdade, o elogio que eu queria fazer na peça era, em primeiro lugar, o do ócio criador do Poeta. Contam que, certa vez, um homem de ação — não sei se industrial ou comerciante — teria dito ao paraibano José Lins do Rego uma dessas frases com que, de vez em quando, esse pessoal fala a nós, escritores, com afetuoso desprezo: — "Então, Doutor? A vida é para o senhor, hein? Vida folgada, trabalhando pouco..." — "Eu escrevo muito!" — objetou José Lins do Rego. — "E escrever é trabalho?" — insistiu o homem. Ao que o paraibano teria retrucado, meio ácido: — "Para quem olha o mundo pelo ângulo da cangalha que usa, não!" Pois bem: essa ideia do ócio criador do Poeta, do artista e do Santo era uma das duas ideias centrais da *Farsa da Boa Preguiça*.

***

Em segundo lugar, o que eu desejava ressaltar, na peça, era a diferença da visão inicial que nós, povos morenos e magros, temos do Mundo e da vida, em face da tal "cosmovisão" dos povos nórdicos. Não escondo que tenho um certo "preconceito de raça ao contrário". Sempre olhei, meio desconfiado, para essa galegada que, de vez em quando, nos aparece por aqui, como quem não quer nada, que entra sem cerimônia e vai mandando para fora amostras de nossas terras, de nossas pedras, do subsolo, da água e até do ar, sem que os generosos Brasileiros estranhem nada. É, aliás, uma bela qualidade nossa, essa boa-fé e essa generosidade. Mas é preciso usá-la bem, distinguindo quem deve e não deve ser bem recebido. Senão, vejamos.

Há uns dois ou três anos, quando, na África, o barulho começou a engrossar contra os colonialistas, de repente o Brasil começou a ser visitado por dirigentes europeus. Num dia, vinha um príncipe holandês, noutro dia, um Rei belga, noutro, um deputado alemão, e assim por diante. Depois, eu soube que o que eles queriam era mandar para o Brasil os colonos europeus que, depois de séculos de crueldade e opressão, estavam, finalmente, ficando com medo dos Negros. Parece que terminaram desistindo, não sei. Conseguiram criar, por lá mesmo, divisões nacionais entre os Negros, de maneira que, enquanto o pessoal brigava dentro de casa, eles puderam ir ficando. De qualquer modo, parece que, pelo menos desta vez, nós nos livramos desses maus imigrantes, que trariam para cá seus ódios, seus ressentimentos, suas rígidas discriminações, instilando aqui esse veneno. É por isso que, como eu dizia antes, tenho um certo preconceito de raça ao contrário. Preconceito que — não é preciso dizer — absolutamente não existe diante do bom estrangeiro ou do bom imigrante de qualquer raça ou cor, que traz para cá sua pessoa, sua família, sua vida, sua cultura, enriquecendo-se e enriquecendo a nossa grande Pátria. Preconceito que deixará de existir também, extramuros, quando esses Povos brancosos que, por enquanto, são os poderosos do mundo, não puderem mais nos oprimir e explorar.

***

Agora, sempre me senti muito bem, ao contrário, em contacto com os europeus mediterrâneos, principalmente os gregos, os italianos e os ibéricos, assim como com os africanos — inclusive os árabes — e com asiáticos como os judeus ou os hindus. É por isso que, na minha Poesia, escolhi como símbolo do Povo brasileiro a "Onça Castanha" e, às vezes, a "Onça Malhada". E se não faço referência expressa aos outros latino-americanos, é porque, inconscientemente e naturalmente, no meu espírito eles formam com os brasileiros uma coisa só.

Ora, na minha arbitrária e talvez torcida opinião de brasileiro que nunca saiu de sua terra, esses Povos nórdicos são a raça com mais vocação para burro de carga que conheço. Nós, Povos castanhos do mundo, sabemos, ao contrário, que o único verdadeiro objetivo do Trabalho é a Preguiça que ele proporciona depois, e na qual podemos nos entregar à alegria do único trabalho verdadeiramente digno, o trabalho criador, livre e gratuito. Os Poetas e os Artistas têm a sorte de poder unir o trabalho escravo e o trabalho criador numa só atividade, e era isso o que eu tentava mostrar, também, na *Farsa da Boa Preguiça*, através do personagem Joaquim Simão, o Poeta preguiçoso: um problema que não é só brasileiro, mas humano.

***

Outro problema no qual eu desejava tocar, na peça, era o da existência de dois Brasis. Um, o Brasil do Povo e daqueles que ao Povo são ligados, pelo amor e pelo trabalho. É o Brasil da "Onça Castanha", o Brasil que, na minha Mitologia literária, há de se ligar, sempre, ao nome de Euclydes da Cunha, que o chamou, aliás, de "a rocha viva da nossa Raça". É o Brasil peculiar, diferente, singular, único, que o Povo constrói todo dia, na Mata, no Sertão, no Mar, fazendo-o reerguer-se, toda noite, das cinzas a que tentam reduzi-lo a televisão, o cinema, o rádio, a ordem social injusta — enfim, todos esses meios dominados por forças estrangeiras e por seus aliados, e que tentam, até agora em vão, descaracterizá-lo, corrompê-lo e dominá-lo. Diga-se, de passagem, que certos meios empresariais brasileiros — inclusive os ligados aos meios de comunicação — nos deixaram sempre sós, quando denunciávamos esse estado de coisas. Mais ainda: acusavam-nos de estar inventando fantasmas, a serviço de ideologias estranhas e antinacionais. Agora, o sapato começou a apertar o pé deles. Sufocados, vendo a hora de serem engolidos, começam a gritar, a se aperceber, de repente, de que os fantasmas existiam mesmo, do que era tão evidente para nós.

Não é de admirar, porém. Esse é o Brasil oposto ao dos Cantadores, dos Vaqueiros, dos Camponeses e dos Pescadores. É o Brasil superposto da burguesia cosmopolita, castrado, sem-vergonha e superficial, simbolizado, na *Farsa da Boa Preguiça*, pelo ricaço Aderaldo Catacão e por sua mulher, a falsa intelectual Dona Clarabela, que fala difícil, comparece às crônicas sociais, coleciona santos e móveis antigos, mantém um "salão" e discute problemas de "arte formal" ou "arte conteudística". Tem tempo para tudo isso. Tem direito à "preguiça do Diabo", segura que está de que, em contraste com suas ideias liberais e de "social-democrata", a conta de seu marido no Banco está cada vez mais sólida e "de direita", às custas da exploração e da submissão do Povo. Sim, porque, por paradoxal que possa parecer, é nesses meios que se recruta a maioria das ideias e posições da falsa esquerda do ambiente político urbano brasileiro.

***

É por isso que faço, na peça, o elogio da preguiça de Joaquim Simão e condeno a de Dona Clarabela. É claro que, por causa da própria natureza da sátira, está colocado na *Farsa*, com *espírito de geometria*, aquilo que, na vida, deve ser olhado com *espírito de finura*. Estou perfeitamente consciente de que, na *Farsa*, podem ter se refletido os ressentimentos e as indecisões de um escritor de origem rural, exilado, por força de circunstâncias alheias a sua vontade, no meio da burguesia urbana. Um escritor indeciso e mesmo meio desesperado com as opções políticas que seu confuso e perturbado tempo lhe oferece. Mas, de qualquer modo, não me arrependo de ter feito a distinção sem sutilezas e sem marcar as chamadas "honrosas exceções". Isso era necessário, porque um dos chavões de que a classe burguesa urbana mais se vale, no Brasil, para falar mal do nosso grande Povo, é o da preguiça e da ladroeira. Perdoem-me se passo quase todo o tempo a contar histórias. Sou um contador de histórias, e só sei pensar em torno de acontecimentos concretos. Vou, então, contar mais algumas, que os sociólogos, filósofos, críticos e professores poderão, depois, interpretar.

Todos sabem que os Brasileiros ingênuos que vão à Suíça, à Inglaterra, à Suécia, à Alemanha ou aos Estados Unidos voltam candidamente convencidos de que aquelas aparências puritanas de lá significam, mesmo, honestidade, e não hipocrisia. Não têm olho de gavião para enxergar a grande roubalheira organizada, em que, por exemplo, a grande indústria faz, de propósito, peças frágeis que, no interior de fortes máquinas, quebram-se continuamente e continuamente têm que ser substituídas. Os nossos pequenos furtos latinos e mestiços não são nada, comparados com essa vasta ladroagem, que não fomos propriamente nós, Povos escuros e pobres do mundo, que planejamos e organizamos. Porque essa, sim, é a grande ladroeira, a que dá, verdadeiramente, lucros fabulosos. Os que a praticam, bem podem se dar ao luxo de, na Suíça, levar à delegacia da esquina os pacotes que esquecemos; de, nos Estados Unidos, cantar salmos aos domingos, na igreja; de organizar um Correio perfeito como o inglês etc. E lá vai a primeira história sobre isso.

***

Recentemente, uma americana e uma brasileira se juntaram para me contar uma dessas histórias de "velhacarias latino-americanas". Diziam que a brasileira mandou uma filha para os Estados Unidos. Daqui, enviou ela, depois, para a moça, umas peças íntimas de bom tecido estrangeiro, peças que ela não declinou quais foram. O Correio americano, não encontrando a destinatária, devolveu honestamente o pacote que, ao chegar aqui, no Brasil, foi violado, desaparecendo então quase todas as peças: o Correio brasileiro, "infiltrado de ladrões", segundo as duas, alegou que certamente o pacote se dilacerara, tendo-se aí perdido, naturalmente, as peças desaparecidas.

A americana, por seu turno, me contou que, uma vez, lhe mandaram, dos Estados Unidos, uns dólares em cheque. Os funcionários do Correio brasileiro furtaram o cheque e, como este era nominal, tinham chegado ao requinte de mandar descontá-lo em Portugal, onde o Banco do cheque tinha, também, uma agência.

Eu fiquei tão chocado com esses maus atos dos nossos patrícios que, na hora, não me ocorreu perguntar às duas como foi que elas conseguiram fazer uma investigação tão rigorosa que permitisse afirmar, assim, com aquela segurança, que o pacote e o cheque tinham sido furtados de fato aqui, na terra de Lampião e Mineirinho, e não lá, na terra de Dillinger, Lee Oswald e Jack Ruby. Mas, na falta disso, ocorreu-me dizer: "É verdade, o furto deve ter sido feito aqui mesmo. Com os professores que temos tido, desde os piratas ingleses e franceses dos séculos passados até os de hoje, o furto está se espalhando, aqui, de modo assustador. Recentemente, por exemplo, o nosso Exército descobriu, em Goiás, uma quadrilha internacional de ladrões de minério atômico, chefiada por um Senador americano."

***

A outra história é também significativa. Nunca pude me esquecer da expressão de cólera com que uma senhora rica me contou, em 1960 — ano em que escrevi a *Farsa da Boa*

Preguiça —, como ficara, no dia anterior, quase uma tarde inteira, desesperada, angustiada, com seu automóvel enguiçado diante de um posto de gasolina, presa na boleia do carro por uma dessas nossas fortíssimas chuvas de junho, do Recife. A cinco passos dela, abrigado num portal do posto, estava um negro alto, olhando a cena, impassível e sereno. A dona baixou o vidro do automóvel, exibiu aquilo que para o negro era uma boa nota de dinheiro e ordenou-lhe que empurrasse o carro até o posto, para ele ser consertado. Ao me contar a história, ela experimentava, de novo, a raiva que sentira no momento e comentava, furibunda: "O que mais me irritava, era que eu via que ele precisava do dinheiro, pois estava todo esmolambado. Não vinha por preguiça e porque achava que, se eu não estava na chuva, ele também tinha o mesmo direito. Quanto mais eu, humilhando-me, subia a quantia oferecida, mais ele se obstinava, dizendo, tranquilamente, que, se fosse para o meio da rua, ficaria todo molhado." E a dona do automóvel rematava com a frase tradicional: "É por isso que o Brasil não vai pra frente."

Eu objetei: "Minha cara, é exatamente por isso que o Brasil, um dia, irá para a frente. A meu ver, seu erro foi mostrar o dinheiro e ordenar. Se você tivesse pedido simplesmente o favor, provavelmente ele teria vindo, com aquela gentileza sem ressentimentos e sem servilismo que é tão comum no nosso Povo. Sim, porque o que você viu ali foi a fidalga preguiça do Povo brasileiro. Você precisa entender que estava tratando com o descendente brasileiro de algum Príncipe negro, com um homem como Didi ou

Pelé, um homem que não se dobra nem se vende. E se nós, brasileiros privilegiados, não trairmos essa gente nem esse espírito, o Brasil será, ainda neste século, um País talvez único no mundo, pela grandeza e pela dignidade do seu Povo."

***

Para mim, essas histórias revelam muita coisa sobre a preguiça e o trabalho. Pode haver nobreza e criação na preguiça, pode haver feiura e roubalheira no trabalho. Um jornalista nordestino, Marco Aurélio de Alcântara, acusou recentemente as pessoas como eu de sofrerem de complexo de inferioridade. Não me incomodo absolutamente. Muita coisa grande tem surgido assim, inclusive na Arte e na Literatura. É melhor um nobre complexo de inferioridade que luta e reivindica, do que uma resignação conformista que se agacha. Estou consciente de que o elogio indiscriminado de nossas qualidades pode nos levar ao ufanismo e à mania de grandeza. Mas sei, também, que o deslumbramento diante de tudo o que nos vem de fora é perigoso para nós. Foi essa a grande mancha daquele grande brasileiro que foi Tobias Barreto, eterno deslumbrado diante da ciência e da filosofia nórdicas.

Quando Marco Aurélio de Alcântara diz que "o português é a mais viva das línguas mortas", está exibindo não um nobre complexo de inferioridade, lutador e reivindicador, mas sim uma mórbida resignação, um conformismo servil e sem coragem. Vê-se que, para ele, nada significam milhões de pessoas que falam português, no mundo. São pessoas como Marco Aurélio de Alcântara aqueles que vivem, no Brasil, eternamente preocupados com "a opinião que estão fazendo de nós, lá fora". É evidente: para eles, o padrão exemplar é a opinião europeia ou norte-americana, e como os ingleses, os franceses e os alemães não falam português, esta é uma língua morta. Quando são escritores, ignoram, inconscientemente, todo o nosso público de língua portuguesa e seu sonho secreto é "serem conhecidos e consagrados lá fora". Como por uma espécie de castigo, "lá fora" ninguém toma conhecimento deles. Então, tendo que encontrar um bode expiatório para esse fato, põem a culpa na língua portuguesa, a quem chamam, com Alexandre Herculano, de "o túmulo do pensamento". Túmulo do pensamento e língua morta por quê, se, sem contar Portugal, Angola, Moçambique etc., para milhões e milhões de brasileiros escrevemos nós? Se Deus quiser, se os técnicos em planejamento deixarem e a pílula não impedir, logo chegaremos a duzentos milhões. E, queiram ou não queiram os nossos resignados sem complexo, duzentos milhões de pessoas formarão uma voz que terá de ser ouvida no mundo.

***

Esse era o elogio e essa era a condenação da preguiça que eu desejava fazer na minha *Farsa*. Reconheço que existem alguns perigos na posição dos que, como eu, partem dessas qualidades do Povo brasileiro. Um, é não denunciarmos suficientemente uma situação social injusta, um estado de coisas em que nós, os brasileiros privilegiados, temos, aqui dentro, direito ao ócio, direito adquirido às custas da exploração do Povo brasileiro pobre. Atualmente, a nossa situação é esta: de um lado, uma minoria de privilegiados, com direito ao ócio, quase sempre mal aproveitado, danoso e danado; do outro, o Povo, colocado entre duas cruzes: a cruz do trabalho escravo, intenso e mal remunerado, e a cruz pior de todas, a do ócio forçado, a do *lazer a pulso* do desemprego.

O segundo perigo é o de que, exaltando nós, por demais, a justa convicção brasileira de que o trabalho é, de fato, um castigo, de que o homem nasceu, mesmo, foi para as bem-aventuranças da boa Preguiça, nós corremos o risco de ser ultrapassados de vez pelos nórdicos. Não fiquemos somente a fazer o elogio humanista das nossas virtudes de ócio, senão os poderosos do mundo — que passaram por sua fase de trabalho intenso, sejamos justos em reconhecer — nos dominarão de uma vez para sempre. Sejamos, também, justos em reconhecer: apesar de lhes sermos superiores sob vários pontos de vista, noutros eles ganham para nós, incluindo-se aí a organização e o trabalho tecnológico. Não escondo que, por mim, eu preferiria uma vida mais poupada, modesta, sóbria, uma espécie de pobreza honrada, repartida e honesta numa comunhão maior com as cabras e as pastagens da vida rural. Mas parece que isso é um sonho impossível e que, se ficarmos nesse sonho, nunca deixará de haver desempregados e famintos entre nós; sem se falar em que as nações poderosas, vendo o grande carneiro, enorme e inerme, em que nos tornaríamos, afiariam, logo, seus cutelos para nos retalharem e dividirem a carne. Parece que, queiramos ou não queiramos, a tecnologia e uma fase de trabalho intenso são, no mundo moderno, uma espécie de maldição inevitável, a única maneira que temos de nos libertar da inferioridade e da dominação econômicas. Sem essa libertação, o Brasil não alcançará aquela grandeza à qual me referia, uma grandeza à altura do seu Povo. Nisso, a meu ver, devemos estender a mão à palmatória dos nórdicos capitalistas e dos soviéticos socialistas, aprendendo seus processos técnicos e seus métodos de trabalho. Agora, que isso não nos descaracterize nem nos achate num cosmopolitismo uniforme e monótono, numa espécie de "esperanto cultural" em que os latino-americanos, embalados por uma falsa ideia do que seja o universal, se metam a macaquear o alheio, voltando àquela ideia, do século XIX, de que a Cultura realmente verdadeira e superior era a europeia de origem greco-latina, sendo todas as outras *exóticas*; de que um progresso contínuo presidia a "evolução" das Artes e da Literatura, sendo, necessariamente, um quadro da Renascença superior a um quadro da Idade Média. Um povo que, como o latino-americano, tem uma escultura como a incaica ou a tolteca, não precisa de muito esforço para entender que a escultura hindu não é *inferior* à grega, é *diferente* da grega. Diferente e, para meu gosto pessoal, até melhor.

A tal respeito, como já tenho feito tantas vezes, lembro como serão importantes, no momento da industrialização e do enriquecimento, a Gravura, a Pintura, a Escultura, a Cerâmica, o Romanceiro e os espetáculos populares brasileiros, como manancial e fonte de inspiração para a manutenção de uma *garra* brasileira, capaz de animar com o sangue e a raça do Brasil uma indústria peculiar e fiel a nosso País e a nosso povo.

***

Não sei se, quando escrevi a *Farsa*, os ilustres sociólogos estrangeiros e brasileiros que hoje se ocupam dos problemas do lazer já tinham tratado do assunto. Se tinham, eu nada conhecia, porque muito raramente leio qualquer coisa de sociologia. Tenho um amigo sociólogo a quem digo de vez em quando, brincando, que não levo a ciência dele a sério porque a Sociologia perde em movimentação e grandeza épica para a História; perde em segurança e eficácia técnica para as Ciências; perde em atualidade para a Imprensa; e perde em beleza para a Literatura. De qualquer forma, depois que escrevi a *Farsa da Boa Preguiça*, comecei a tomar conhecimento de artigos nos quais os sociólogos nos alertavam para os problemas que poderiam advir, para a humanidade, do ócio a ser brevemente criado pela automação. Para ser franco, como sertanejo desconfiado que sou, como sertanejo que trabalha duro desde os dezessete anos de idade, acho a Boa Preguiça uma coisa tão maravilhosa que não acredito que ela venha a ser possível, de jeito nenhum, neste chamado "vale de lágrimas". Deus queira que eu esteja enganado e que isto seja apenas defeito de visão de um homem que, criado numa terra áspera, seca e pobre, não leva muita fé na possibilidade real desse anunciado mundo em que todos poderão ter preguiça e sonhar à vontade. E exemplifico o que quero dizer, mais uma vez, com uma história.

***

Eu tinha duas tias-avós velhas, uma das quais, muito religiosa e crédula, vivia a repetir uns famosíssimos e suspeitíssimos milagres cuja notícia ela lia no *Mensageiro do Coração de Jesus* e em que sempre aparecia um misterioso "manto de Nossa Senhora", revelado na Espanha, na França, na Alemanha, e que curava cegos, ressuscitava mortos etc. Era cada milagre de empenar. A outra tia-avó, irmã da milagreira, sertaneja cética e desconfiada, costumava comentar filosoficamente: "Eu não sei o que é que têm esses milagres de Sinhazinha, que só acontecem no estrangeiro." Eu, também sertanejo e desconfiado, tenho medo de que essa possibilidade maravilhosa de o homem se libertar do trabalho escravizador seja apenas um milagre enganador, como os do *Mensageiro do Coração de Jesus*. Mas sou, também, religioso, e se desconfio da frequência dos milagres é exatamente por respeito ao milagre. E como existe um lugar-comum afirmando que "tudo no mundo é possível", creio que só entrando na corrida tecnológica é que o Brasil e a América Latina podem vir a participar desse abençoado e milagroso lazer que estão nos anunciando.

***

Sou, como todo escritor, uma espécie de sonhador, sem muito jeito para político ou cientista. Não foi, portanto, por nenhuma lucidez especial que me apercebi desses problemas desde muito moço: foi a própria experiência da vida. Vi um tio meu, uma espécie de Cavaleiro sertanejo, valente, alegre, caçador, amigo do Povo, um homem que recebia na sua mesa trinta ou quarenta pessoas por dia, ser liquidado em pouco tempo, fazendo passar o menino sertanejo que eu era então por uma experiência semelhante à que os meninos de engenho passaram na Zona da Mata nordestina. Com uma agravante, aliás: nesta, foram as usinas e capitais brasileiros que liquidaram os Engenhos; no Sertão, foi o capital estrangeiro que liquidou uma nascente e florescente indústria de beneficiamento de algodão. Em Taperoá, aí por 1934, havia vinte e oito pequenas fábricas sertanejas dessa indústria, os "locomóveis", como eram chamados. Duas companhias estrangeiras chegaram por lá e liquidaram tudo. A mais rica montou na sede do município um maquinismo moderno e poderoso. As duas companhias, juntas, subiram de tal modo os preços de compra do algodão em caroço, bruto, que imediatamente todos os agricultores sertanejos passaram a vender só a elas. Os pequenos industriais sertanejos que não tinham algodão próprio fecharam logo suas fábricas. Ficaram aqueles que, além de possuírem locomóveis, eram, também, agricultores e produziam seu próprio algodão. Aí, as duas companhias subiram também o preço de compra do algodão beneficiado e começaram a comprar toda a produção dos locomóveis sertanejos, criando uma prosperidade artificial que, durante algum tempo, criou uma verdadeira euforia, no Sertão. Ocorria, porém, um ligeiro pormenor em cujo perigo, a princípio, ninguém atentou: a diferença de preço entre o algodão em caroço e o algodão beneficiado era tão pequena, que era mais vantagem vender o primeiro, pois a diferença não compensava os gastos e o trabalho do beneficiamento. Aí, fecharam as fábricas que ainda restavam, e todos os sertanejos passaram a vender algodão em caroço às duas companhias estrangeiras. Mas a alegria era de pobre e durou pouco. Assim que as vinte e oito fábricas fecharam, com os locomóveis vendidos e saídos do município, os preços baixaram, a falsa prosperidade acabou e os Cavaleiros sertanejos, endividados, como meu tio, durante a euforia, morreram desesperados e arruinados.

O pior é que, então, já cumprida a finalidade para que fora montada, a companhia estrangeira fechou também sua grande e moderna fábrica. Ficou apenas comprando o nosso algodão, com os sertanejos reduzidos à velha condição paracolonial de fornecedores de matéria-prima.

Assim, acredito que não devemos ficar apenas sonhando, inativos, fazendo a lamentação humanista das fazendas ou dos engenhos. Maldição ou meio de libertação, ou entramos pelo domínio do trabalho e da máquina, ou as "companhias" de todos os tipos nos vencerão sempre. Montarão, talvez "lá fora", sua boa vida de ócio; quanto a nós, essa nova "idade de ouro" ficará para sempre como um "milagre de Sinhazinha", desses que só acontecem no estrangeiro. O que deixará todos nós, Povos castanhos do mundo, o resto da vida trabalhando para galego.

A.S.

Recife, 24 de outubro de 1966.
7 de dezembro de 1972.

A *Farsa da Boa Preguiça* foi montada pela primeira vez no dia 24 de janeiro de 1961, no Teatro de Arena do Recife, pelo Teatro Popular do Nordeste, sob direção de Hermilo Borba Filho, com cenários e roupagens de Francisco Brennand, e sendo os papéis desempenhados pelos seguintes atores:

MANUEL CARPINTEIRO *Carlos Reis*

MIGUEL ARCANJO *Ubirajara Galvão*

SIMÃO PEDRO *Germano Haiut*

ADERALDO CATACÃO *José Pimentel*

ANDREZA, A CANCACHORRA *Jacqueline Marie*

NEVINHA *Ida Korossy*

JOAQUIM SIMÃO *Paulo Ribeiro*

DONA CLARABELA *Leda Alves*

FEDEGOSO, O CÃO COXO *Clênio Wanderley*

QUEBRAPEDRA, O CÃO CAOLHO *Leonel Albuquerque*

ADVERTÊNCIA

A *Farsa da Boa Preguiça*, como já aconteceu com outras peças minhas, foi escrita com base em histórias populares nordestinas.

O primeiro ato fundamenta-se, ao mesmo tempo, numa notícia de jornal e numa história tradicional, anônima, de mamulengo.

O segundo, na história, também tradicional, de um macaco que perde o que ganhara após várias trocas — história que é a origem do "romance", também de autor anônimo, sobre o homem que perde a cabra, e que também me serviu de fonte.

O terceiro ato baseia-se num conto popular, o de "São Pedro e o Queijo", e também noutra peça tradicional de mamulengo, chamada *O Rico Avarento.*

As duas peças de mamulengo que serviram de fonte à minha foram ultimamente divulgadas, no Nordeste, pelos mamulengueiros conhecidos como Professor Tira-e-Dá e Benedito. Por sua vez, o "folheto" popular também teve sua versão recente através do folheto denominado *O Homem da Vaca e o Poder da Fortuna*, de autoria de Francisco Sales Areda.

A.S.

Primeiro Ato
O Peru do Cão Coxo

O cenário representa uma espécie de pátio ou praça, com a casa do rico de um lado (com alpendre, janelão e um baú) e a casa do pobre do outro. Perto desta há um banco, no qual o poeta se deita ao sol, nos momentos de maior preguiça. Mas a peça pode ser montada sem cenário, como, aliás, acontece nos espetáculos populares do Nordeste, em cujo espírito ela se baseia.

*Q*uando as luzes se acendem, estão em cena MANUEL CARPINTEIRO, MIGUEL ARCANJO e SIMÃO PEDRO. MANUEL CARPINTEIRO é alto, moreno, veste terno e camisa brancos, com sapatos brancos e de sola de borracha, e usa gravata-borboleta azul; na cabeça, um chapéu de massa, de cor cinza e de abas curtíssimas. MIGUEL ARCANJO, seu secretário, é um homem gordo, de bigode e costeletas, com chapéu igual ao do chefe, camisa de malha escarlate, brilhante, e tem na mão uma maleta, de onde retira, de vez em quando, uma balança e uma cobra, dessas que se mexem. Presume-se, com certo matiz cômico, que, dentro da maleta, estão uma cobra e um jacaré enormes — como, aliás, acontece com os "homens da cobra", os camelôs da propaganda popular dos pátios e das feiras do Nordeste. SIMÃO PEDRO veste pobremente e tem utensílios populares de pesca na mão. Para as roupas usadas na Farsa (como em todas as minhas peças, aliás), duas coisas devem ser levadas em conta: primeiro, que o povo nordestino em geral e em particular os atores dos espetáculos populares conseguem, com imaginação maravilhosa, criar a beleza, a grandeza e o festivo partindo da maior pobreza; em segundo lugar, que, no meu teatro, a roupa nunca é somente um *acessório apenas decorativo: tem sempre uma função teatral a desempenhar.*

A luz começa baixa e somente depois, obedecendo à ordem de MANUEL CARPINTEIRO, é que sobe para o normal.

MANUEL CARPINTEIRO *(Em tom de camelô.)*

> O cavalheiro pode ver aqui
> — inteligente e culto como é —
> o Fogo escuro, o enigma deste Mundo
> e o rebanho dos Homens em seu centro!
> Que palco! Quantos planos! Que combates!
> Embaixo, o turvo, as Cobras e o Morcego.
> No meio, o que esta Terra tem de cego e esquisito.
> Em cima, a Luz angélica — esta Luz mensageira
> com seu vento de Fogo puro e limpo!
> Embaixo, três Demônios que aqui passam.

ANDREZA, FEDEGOSO e QUEBRAPEDRA cruzam a cena, vestidos com roupas populares, ANDREZA com algo de cigana.

Daqui, quatro pessoas que aí vão.

ADERALDO, CLARABELA, SIMÃO e NEVINHA cruzam a cena. ADERALDO veste de maneira rica, pretensiosa e feia, e sua mulher, CLARABELA, com o falso refinamento grã-fino, última moda. SIMÃO *veste com a elegância dos miseráveis, isto é, de modo pobre mas imaginoso e decorativo.* JUEVIJUHA, *ajeitada e bonitinha como pode.*

De cima, entramos nós, dirigindo o espetáculo!
Um dos santos: São Pedro, o Pescador!
Um Arcanjo: Miguel, guerreiro Fogo!
E eu, o lume de Deus, o Galileu!
Dirá o cavalheiro: "É impossível!
O Cristo, um camelô?"
Mas não será verdade
que o Cristo é o camelô de Deus, seu Pai?
São essas minhas peças neste jogo!
Agora, me pergunta o cavalheiro:
"Que tem esse idiota pra mostrar?"
É simples: duas Cobras venenosas,
um Jacaré terrível,
e a luta que esses três irão travar
contra um Pássaro alado e benfazejo!
A feroz Sucuri do Alto Amazonas!
O feroz Jacaré do Rio Una,
e esta Joia vermelha, a Ave-do-Paraíso!
Secretário, olhe a maleta:
como estão?

MIGUEL ARCANJO

>Estão ferozes! Uma coisa terrível!

MANUEL CARPINTEIRO

>Aqui, como no palco deste mundo,
>essas forças se vão entrecruzar.
>Aqui é a casa do pobre,
>do poeta Joaquim Simão.

SIMÃO PEDRO

>Em frente, mora o ricaço
>Aderaldo Catacão.

MANUEL CARPINTEIRO

>Aqui se passa a história,
>vamos ver quem tem razão.

MIGUEL ARCANJO

>Eu quero lhe contar o que há, Senhor!
>O senhor sabe: como Anjo,
>não posso ser mentiroso!
>O tal do Joaquim Simão
>é um Poeta preguiçoso,
>que, detestando o trabalho,
>vive atolado e ainda tem coragem
>de se exibir alegre e animoso!

SIMÃO PEDRO

>Você detesta a preguiça
>mas é porque nunca trabalhou!
>Sempre foi Anjo! Assim é bom!

Você, São Miguel,
nunca teve, como eu tive,
de enfrentar mar roncador,
dando duro na tarrafa,
atrás do peixe ligeiro,
fino, veloz nadador.
O trabalho nas costas nunca lhe doeu!
Sei que é um Anjo importante,
corajoso, limpo, claro
e que ao Demônio venceu!
Mas você nunca foi homem:
eu fui um!
Você nunca deu um dia de serviço
a homem nenhum!

Miguel Arcanjo

Nosso Senhor, o que acha?

Simão Pedro

O que ele acha, eu não sei!
Mas pergunte a São José,
o velho dele, o pai dele,
junto de quem eu morei:
garanto que o Carpinteiro
se pauta por minha lei!

Miguel Arcanjo

Ah, isso não! São José
foi um Santo tão perfeito,

que era uma espécie de Anjo,
puro, limpo e satisfeito!
Nunca enrolou no serviço:
age assim quem é direito!

SIMÃO PEDRO

Se ele deu duro na vida,
garanto que preguiçou.
Quando as costas lhe doíam
quantas vezes não gritou:
"Ô Jesus! Ô Maria! Me armem aí uma rede
pois a preguiça chegou!"
Foi ou não foi, Nosso Senhor?

MANUEL CARPINTEIRO

Talvez, talvez, São Pedro!
Nem tanto assim, nem tão pouco!
Preguiçar demais, é ruim!
Mas você também, São Miguel,
não pense que duas vezes oito é dezessete!
Ninguém, também, é obrigado
a quebrar pedra de bofete!

MIGUEL ARCANJO

Na qualidade de Arcanjo,
gosto dos espirituais!
Mas sou também um Guerreiro
e aprecio, até demais,
alguém fogoso e inquieto,
sequioso de sempre mais!

SIMÃO PEDRO

> Eu gosto é da paciência,
> e não vejo como exista
> paciência sem preguiça.

MIGUEL ARCANJO

> Mas veja aí esses dois:
> Aderaldo Catacão
> que é rico, trabalha muito!

SIMÃO PEDRO

> Pode haver safadeza no trabalho,
> e na preguiça pode haver criação!
> Agora, existe um costume
> dos ricos endemoninhados:
> como trabalham, se sentem no resto justificados.
> Pagam mal aos operários,
> oprimem os camponeses,
> acusam quem defende os pobres
> de ser do Mal instrumento,
> sopram dureza e maldade
> nos atos e pensamentos,
> dão-se à Avareza, à Luxúria,
> comem Fogo, bebem Ventos!

MIGUEL ARCANJO

> Estes invejam dos pobres
> até a pura alegria!
> Pensam que o Cristo é um deles!

MANUEL CARPINTEIRO

    E o Cristo foi sempre pobre!

MIGUEL ARCANJO

    Mas, se amamos mais os pobres,
    não vamos idealizá-los!
    Vamos amá-los sabendo
    dos seus defeitos e qualidades!

SIMÃO PEDRO

    Ah, isso é!
    Os intelectuais de boates
    é que vivem feito rapariga e mulher-dama
    — apaixonados pelos operários,
    pelos embarcadiços,
    e vendo no Povo só bondades,
    como se o Povo não fosse gente!

MIGUEL ARCANJO

    Eu não sou assim não!
    Por isso, vivo de olho
    no tal do Joaquim Simão.
    Vejo esse moço, espichado,
    tocando sua viola,
    na toada do baião,
    enquanto o rico trabalha
    de sol a sol, de inverno a verão!

SIMÃO PEDRO

    Não sei como é que se tem coragem
    de reclamar contra o ócio criador da Poesia!

O que acontece, Nosso Senhor,
é que esse rico desgraçado, cada dia
cria mais raiva de Joaquim Simão
só e unicamente porque ele é Poeta
e, sendo pobre, vive contente,
sem a sede e a doença da ambição!

Miguel Arcanjo

Será só por isso mesmo?

Manuel Carpinteiro

É o que vamos verificar.
Será que eles são casados?

Miguel Arcanjo

O rico, Seu Aderaldo, eu sei que é!
A mulher dele é toda cheia de visagens.
Chama-se Clarabela. Como está na moda,
coleciona cerâmicas populares,
faz versos, pinta paisagens,
protege os jovens artistas,
coleciona móveis antigos,
cristais, quadros e imagens!

Simão Pedro

Muito bem! Dona Clarabela ama a Arte,
seus versos e coleções.
Nevinha, a mulher do Poeta,
ama o marido dela. Toma conta dos filhos,

não faz cursos nem conferências,
não se mete em discussões,
cuida dele, ajeita a casa
e reza suas orações.

Manuel Carpinteiro

Vamos ver e apurar:
depois se tem um roteiro
para este caso julgar!
Vamos, então, começar!
As Cobras contra o Pássaro de Fogo,
o Escuro contra a Luz,
o Ócio contra o mito do Trabalho,
o Espírito contra as forças cegas do Mundo!
Os homens nesse meio, sepultados
e ligados às Cobras pelo Mundo,
pela desordem do Pecado,
e ligados ao Lume, ao claro, ao solar,
por um Santo de carne, um Anjo de fogo
e por aquele que é carne e fogo
e se chamou Jesus!
Vai começar! Comecem! Luz!

Desaparecem. A luz sobe. Entram Aderaldo *e* Andreza, *vindos da casa do primeiro.*

ANDREZA

> O senhor não se preocupe, Seu Aderaldo,
> hoje seu encontro amoroso sai!
> Mais umas duas cantadas
> e a mulher do Poeta cai!

ADERALDO

> Diga que, para ela, eu vou ser
> muito mais do que um amante: um Pai!
> Você diz?

ANDREZA

> E então? Digo tudo o que o senhor quiser!

ADERALDO

> Diga que eu vendi tudo o que tinha na Cidade:
> fico, de vez, no Sertão!
> Meu dinheiro chega hoje:
> já está feita toda a transação!
> Vendi tudo. Apliquei o que tinha
> na compra de todo o gado do Sertão.
> Levarei a carne aos centros mais importantes!
> Já pensou? Tudo isso em minha mão?
> Minha mulher chegou ontem à noite:
> precisa assinar inúmeros documentos
> e me outorgar uma procuração.
> O dinheiro vem pelo Banco
> para a minha conta corrente:
> eu tiro esse dinheiro com um cheque

e pago aos boiadeiros do Sertão.

Com isso, açambarco todo o gado

e triplico o que tenho em pouco tempo!

Já viu o que é cabeça?

A isso pode se chamar *organização*!

ANDREZA

É muito, hein, Seu Aderaldo?

ADERALDO

É bastante! Mas vamos deixar isso!

Agora, o que eu quero é essa mulher!

Esse Poeta me irrita:

diz que vive como quer!

Vou tomar a mulher dele

da forma como quiser!

ANDREZA

Eu vou dar outra cantada nela.

Vou trazê-la aqui agora!

Entra na casa de JOAQUIM SIMÃO.

ADERALDO

Está certo! E que seja sem demora!

Eu vou me esconder aqui!

Com mulher, meu estilo é uma mistura de bode e macaco!

Se ela vier, chego por trás

e, quando ela menos esperar, eu atraco!

Esconde-se. Entram ANDREZA e NEVINHA.

ANDREZA

    Pois é como eu lhe digo, Comadre:
    não bote essa caçada fora!
    Seu Aderaldo está louco por você!
    Você recebeu o bilhete?
    Olhe, Seu Aderaldo está assim
    feito um cabo de trinchete!
    E é um homem rico, Comadre!

NEVINHA

    Pode ser rico como for:
    eu é que não vou nessa história!
    Sou casada com Simão, Dona Andreza,
    e Simão é minha fraqueza e minha glória!

ANDREZA

    Comadre, deixe de ilusão!
    Deixe de ser abestalhada que esse negócio de fidelidade
    e amor na pobreza não vale nada!
    Comadre, me diga uma coisa:
    seu marido lhe dá muitos vestidos?

NEVINHA

    A situação dele é ruim, Dona Andreza,
    a gente não pode, assim, gastar!

Mas Simão tem a mão aberta:
quando ele pode, dá!

ANDREZA

Veja que vestido desgraçado, esse seu!
Essa sua, isso é lá vida!
A Comadre é bonita e moça que faz gosto!
Eu é que não queria ter uma mulher dessa
pra deixar malcuidada e malvestida!

NEVINHA

Dona Andreza, Simão me traz como pode
e como Deus é servido!

ANDREZA

Está conversando, Comadre!
O que aquilo é, é um preguiçoso de marca!
A única coisa que Joaquim Simão faz
é tocar viola e cantar besteira e bendito!
E é feio que nem a peste!

NEVINHA

Não acho!

ANDREZA

Se ao menos fosse bonito!
Agora, Seu Aderaldo não, é outra coisa!
O homem nasceu pra trabalhar e pra juntar dinheiro!
Está louco por você, Comadre!
Aquilo não é amor mais não, é fome, é sede!
Olhe, ele está assim, bestando,

feito um armador de rede!
Ele me disse que, no dia em que você visse
um *pé* de agrado nele, ganhava um cento de vestido!

Agarra o pé de NEVINHA, que se solta.

NEVINHA

Deus me livre de botar no corpo
um vestido amaldiçoado e mal recebido!

ANDREZA

Comadre, deixe de ser mole! Se agarre com Seu Aderaldo
que é um homem rico e bom!
Ele me disse que no dia em que você visse
uma *perna* de agrado nele,
ganhava uma carroça carregada de batom!

Agarra a perna de NEVINHA, que se solta.

NEVINHA

Nossa Senhora me guarde dessa pintura de Satanás!

ANDREZA

Comadre, deixe de ilusão! Eu vou chamar o rapaz!

NEVINHA

Dona Andreza, não faça uma coisa dessa!
Não me azucrine mais!

ANDREZA

>Ele me disse que, no dia em que você visse
>duas pernas e um bucho de agrado nele,
>ganhava um jumento carregado de sapato!

>*Agarra o bucho de NEVINHA, que a empurra.*

NEVINHA

>Aquele homem tem é parte com o Cão!
>Você diga a ele que vá botar ferradura
>nas éguas dele, em mim, não!

ANDREZA

>Comadre, não bote essa caçada fora
>que depois você vai se arrepender e será tarde!
>Ah mulher besta dos seiscentos diabos!
>E tudo isso, por causa dum preguiçoso daquele!
>Aquilo é podre de preguiça!

NEVINHA

>Dona Andreza, não diga uma coisa dessa
>que chega a ser uma injustiça!
>Se a senhora continua assim, eu não escuto mais!
>A senhora elogia, aí, esse ricaço!
>Sabe que meu marido é tão importante
>que a mulher do rico veio ontem para cá
>somente pra ver os versos que Simão faz?

ANDREZA

Comadre, deixe de ilusão!
Você não está vendo que aquelas besteiras
que Joaquim Simão faz não valem nada?
Tudo isso, foi coisa arranjada!
Foi Seu Aderaldo que arranjou, para agradar você!
Foi tudo pra ver se você via duas pernas,
um bucho e um pescoço de agrado nele.
Se você não facilita, está perdida a caçada:
você e Joaquim Simão terminam ficando sem nada!

Acaricia o pescoço de NEVINHA, que a empurra.

NEVINHA

É o quê! Você está enganada!
O que Simão escreve é feio? É nada!
Eu sempre achei o que Simão faz muito bonito!
Dona Clarabela, a mulher de Seu Aderaldo,
é a maior entendida nessas histórias de folheto e bendito!
Vem do Recife pra ver: vem pra fazer um estudo!
Se achar bom o que Simão faz,
vai ficar comprando tudo!
O que ele escrever agora, vai vender:
a questão, é trabalhar!

ANDREZA

    E quem disse que aquele preguiçoso vai trabalhar?

NEVINHA

    Ah, não! Ele pode ter preguiça pra tudo no mundo:
    mas bom para a mulher e bom pra fazer verso ele é!

ANDREZA

    Agora, porque ele trabalha quando quer!
    Quando for por obrigação, você vai ver como é!
    Por isso, ouça meu conselho: aproveite enquanto é
                                       [tempo!
    Não bote a caçada fora! Seu Aderaldo está feito um
                                       [bodoque:
    chega está todo alesado, todo besta para o mundo!
    Olhe, ele está com um colar muito rico pra lhe dar!
    Você quer que eu vá buscar?

NEVINHA

    Não, Dona Andreza, minha sina é Simão, mesmo!
    Simão, aquele safado!
    Pode ser podre de preguiça
    mas é um visgo danado!
    Ave Maria, só tendo sido catimbó,
    e catimbó daquele de alfinete!
    Eu vou lhe dizer uma coisa, Dona Andreza:
    do jeito que Seu Aderaldo vive pra meu lado,
    eu vivo pro lado de Simão, feito um cabo de trinchete!
    Ai, meu Deus, lá vem Simão! Eu chega fico nervosa!

Dona Andreza, me diga uma coisa: eu estou bem?
Eu sei que estou horrorosa!
Dona Andreza, como é que está meu cabelo?

ANDREZA

Assim como as crinas duma besta, Comadre,
porque você não passa duma,
a maior besta que eu já vi!
Se preocupar por causa de Joaquim Simão...
Que é que você vê nesse peste, Comadre?
Tenho horror a esse sujeito, todo metido a engraçado!
Se eu fosse casada com essa desgraça,
botava-lhe um par de chifre que ele ficava empenado!

Entra JOAQUIM SIMÃO, bocejando.

SIMÃO

Ai, ai, ai! Eu, hem?

ANDREZA *(Com raiva.)*

Lá vem!

SIMÃO

Eita vida velha desmantelada!
Menino, olha quem está aqui!
Andreza, minha amada!
Que é que há, Andreza?

ANDREZA

Nada!

SIMÃO

> Isso é o que pode se chamar
> uma freipa de mulher escorropichada!

Dá-lhe uma tapa nas nádegas.

ANDREZA

> Ai! Deixe de liberdade, viu, Seu Simão?
> Por causa de liberdade
> já vi uma filha matar um pai!

SIMÃO

> E eu sou lá seu pai, Andreza!
> Sua mãe fez tudo pra isso:
> mas eu me mantive firme
> e ela, desanimada,
> se arranjou com seu pai, mesmo!
> Que é isso? Que cara, Ave!
> Andreza parece um bicho,
> um desses bichos malignos,
> uma mistura de cobra,
> morcego e sapo hidrofóbico!

ANDREZA

> E sua mãe, com quem parece?

NEVINHA

> Dona Andreza, não se zangue!
> Simão tem essa mania

de achar gente parecida com bicho!
É uma mania que o povo estranha,
mas é inocente e não deixa de ser engraçada!

ANDREZA

Engraçada para a senhora, que é uma mulher
[desmoralizada!
Para mim, não!

SIMÃO

Ai, Andreza, minha paixão!

ANDREZA

Você vá pra merda, viu, Seu Simão?

Sai arrebatadamente.

SIMÃO

Eita, vida velha desmantelada!

NEVINHA

Simão, meu filho, pelo amor de Deus
acabe com essas brincadeiras!
Isso é hora de você estar por aqui
lesando e dizendo besteira?
Avalie se essa tal de Dona Clarabela chega aqui
e encontra você assim!

SIMÃO

Assim, como?

NEVINHA

    Ela pode achar que você é sem compostura!

SIMÃO

    Sem costura? Alto lá!
    Minhas pregas estão no canto
    e as costuras no lugar! Alto lá!

NEVINHA

    Ela pode se decepcionar com você!
    Essa mulher se interessou por seus versos!
    Isso pode ser a salvação da gente, Simão!

SIMÃO

    A salvação? Salvação por quê?
    Não vejo ninguém perdido aqui!
    Você é perdida, é? Não me diga isso não, pelo amor de
                                                      [Deus!
    Se eu descobrir que minha mulher é perdida,
    morro de desgosto, vou procurar outra vida!
    Agora, enquanto não descobrir isso, tenha paciência,
    vou vivendo descansado!
    E sabe do que mais?
    Ô mulher, traz meu lençol,
    que eu estou no banco, deitado!

Estes dois últimos versos são cantados, como no "mamulengo". SIMÃO canta-os, deitando-se no banco.

NEVINHA

>Simão, não brinque não, pelo amor de Deus!
>A gente tem os filhos, pra dar de comer,
>e Seu Aderaldo é um homem rico! Se Dona Clarabela
>se engraçar, mesmo, de seus folhetos,
>diz que compra tudo o que você fizer!
>Dizem que Seu Aderaldo, nessas coisas,
>se guia pelo que diz a mulher!
>Tudo o que você escrever dagora em diante vende a ela!

SIMÃO

>Nevinha, não vá atrás desse povo não que você corre
>>[doida!
>
>Esse povo gosta, lá, da Arte nem da Poesia!
>Isso tudo é conversa fria!
>Isso é mulher desocupada, sem ter o que fazer,
>que é o pau que está aparecendo mais aqui, agora!
>Procuram a gente, futricam, futricam,
>conversam, dizem que pagam, que fazem, que
>>[acontecem,
>
>depois desaparecem
>e não dão mais nem notícia! Me diga uma coisa:
>Seu Aderaldo não está morando aí?

NEVINHA

>Está!

SIMÃO

>E como é que a gente nunca viu a mulher dele?
>Me diga: isso faz sentido?
>Toda mulher séria que eu conheço
>vive ali, junto, agarrada com o marido!
>Cadê que você me larga?

NEVINHA

>Ah, eu sou diferente, Simão!
>Sou uma mulher ignorante, a mulher dele, não!
>Ela entende de Poesia,
>escreve, discute, fez um curso de Psicologia...
>Eu não sou capaz de fazer nada disso!

SIMÃO

>Mas é bonita e boa, toma conta de mim e dos filhos
>e é mulher pra todo serviço!
>Eu é que não vou dar bola pra o diabo dessa mulher!
>Se ela gostar de mim assim como sou, está bem!
>Se não, *ô mulher, traz meu lençol,*
>*que eu estou no banco, deitado!*

NEVINHA

>Simão, meu filho, acabe com esse negócio
>de viver pelos cantos dizendo doidice!

SIMÃO

>Pra quê?

NEVINHA

>Pra ver se a gente pelo menos melhora esse trem de vida!

SIMÃO

Besteira, mulher, oxente!
Eu começo a fazer força
e o que é que vou arranjar?
Pra morrer de pobre, o que eu tenho já dá!
E sabe do que mais, Nevinha? Não atrapalhe não,
que eu estou pensando em fazer um *folheto* arretado!
Quer saber a ideia? É sobre uma gata que pariu um
[cachorro!
Vai ficar tão engraçado!
Ninguém sabe o que foi que houve,
todo mundo está esperando o parto, o gato é o mais
[nervoso!
No dia, quando a gata pare, em vez de gato é cachorro!
Já pensou na raiva do gato, na surpresa, na confusão?
Que acha? Parece que já estou vendo a capa
e escrito nela: "Romance da Gata que Pariu um Cachorro.
Autor: Joaquim Simão"!
Vou vender tanto folheto, vou ganhar tanto dinheiro!
É coisa para garantir a bolacha dos meninos
para o resto da vida! Que acha?

NEVINHA

Meu filho, você é o maior: a história é ótima,
vai ficar bonita e divertida!

Mas acontece é que a bolacha dos meninos, hoje,
inda não está garantida!
Vá ver se dá um jeito!

SIMÃO

Como?

NEVINHA

Aqui perto estão fazendo uma construção. Eu fui lá,
falei com o pedreiro, e ele disse que arranja
um lugar de ajudante pra você!

SIMÃO

Acho meio desonesto aceitar um trabalho que não sei
[fazer!

NEVINHA

Eu já disse que você era novato! Mas eles explicaram
que não havia dificuldade não, o trabalho é de ajudante:
é só o povo mandando
e você trabalhando!

SIMÃO

Bem, se é assim, eu quero!
Corre, Nevinha, vai buscar minha calça velha
pra eu começar a trabalhar!

NEVINHA

Boa, meu filho! Vou buscar a calça, já!

Vai saindo.

SIMÃO

    Ô mulher, sabe do que mais? Não vá não!
    Eu pensei melhor, sabe? Isso vai dar é confusão!
    Com essa história de construção
    mandam eu subir uma escada
    com uma lata na cabeça, cheia de caliça,
    eu escorrego, caio, morro, e aí nem mulher,
    nem folheto, nem pedreiro, nem nada!
    E ainda fico desmoralizado!
    Sabe do que mais? *Ô mulher, traz meu lençol,*
    que eu estou no banco, deitado!

NEVINHA *(Catucando-o.)*

    Simão! Simão!

SIMÃO *(Pacientemente.)*

    Que é, Nevinha?

NEVINHA

    Então, faça o seguinte: o trem chega já aqui!
    Você fica por ali
    feito carregador, pega uma maleta, outra,
    quando chegar de noite, a bolacha da gente está
                               [garantida!

SIMÃO

    É mesmo, Nevinha! Corre, vai buscar uma rodilha,
    que é pra eu botar na cabeça e carregar as maletas!
    Ô mulher, sabe do que mais? Não vá não, sabe?
    Eu fico por ali, me distraio olhando as coisas,

lá vem o trem, pá! Em vez de eu pegar o trem
o trem é quem me pega! E eu tenho uma agonia tão
[danada
de morrer atropelado!
Sabe do que mais? *Ô mulher, traz meu lençol,
que eu estou no banco, deitado!*

Começa a cochilar de novo, mas a mulher o interrompe.

NEVINHA

Simão! Simão!

SIMÃO

Ô aperreio danado, minha Nossa Senhora!
Deixe eu dormir, Nevinha!

NEVINHA

Simão! Simão! Pegou no sono!
Ah, meu Deus, de tudo o que Simão diz
só vejo uma coisa acertada:
é que esta vida da gente
é uma vida danada de desmantelada!

ADERALDO aparece e fala-lhe no ouvido.

ADERALDO

Bom dia, Flor do Dia!
Há quanto tempo eu não te via!

NEVINHA

Ai, Seu Aderaldo! Que susto!
Quase que tenho um ataque do coração!
Bom dia! Mas, por favor,
deixe de falar em verso pra meu lado, viu?
Versos, pra mim, só os de Simão!

ADERALDO *(Aproximando-se.)*

Mas sabe o que é, minha filha? É que eu...

NEVINHA

Seu Aderaldo, fale de longe, viu?
Deixe de cochicho no meu pé do ouvido!
No meu ouvido, só quem cochicha é meu marido!

ADERALDO

Ah, que peito de aço, duro e frio!
(Canta.)
Mulher traidora tem dó de mim!
Me ame um pouco, não faça assim!
Ah, se eu te pego! Se alguém me dera!
Rasgava, a dente, esse peito de fera!

NEVINHA

Seu Aderaldo, vá pra lá com suas cantigas!
Ah, minha Nossa Senhora, pra todo lado que eu me viro
é esse homem com essa quizila pra meu lado!
Diabo de homem mais teimoso danado!
Pois, se o senhor é teimoso, saiba que eu sou teimosa!

Eu não já lhe disse que Simão é minha fraqueza e
[minha glória?

ADERALDO

Já! Agora, por quê, não sei!
Se há, no mundo, um homem para eu ter raiva, esse é um:
é pobre, preguiçoso e orgulhoso!
Ele se faz de feliz só para me fazer raiva!
Não está vendo que eu não posso acreditar nisso
— um homem feliz, morrendo de fome!
Eu tenho três carros, vinte casas,
em cada casa onde estou, tenho sete criados!
Tenho as ações, o agave, o algodão, meu matadouro...
Tempo é ouro!
Se você quiser, Nevinha, tudo isso é seu:
meu ouro, meu gado, minha energia!
Porque a única coisa que me falta
é Nevinha, a flor do dia!

NEVINHA

Pois esta é de Simão, com pobreza e tudo!
Esse homem tem visgo, Seu Aderaldo!
Se o senhor me perguntar mesmo o que é, não sei!
Quando Simão me olha, eu me derreto toda!
Já tenho cinco anos de casada e ainda não me acostumei!
Simão é minha fraqueza e minha glória!

ADERALDO

>Nevinha, deixe de ilusão,
>que amizade, na pobreza, é defeito e complicação!
>Nevinha, meu consolo é seu carinho!

NEVINHA

>Seu Aderaldo, procure outro caminho!
>E fale baixo, porque, se Simão acorda
>e vê o senhor aqui, todo enxerido pra meu lado,
>Ave Maria! Vai ser um cu de boi dos seiscentos diabos!
>Se está tentado, se lembre de sua mulher!
>Ela já chegou?

ADERALDO

>Chegou ontem de noite, Nevinha,
>meu bem, minha dor, meu feitiço!
>Chegou e eu não estive com ela até agora!
>O que é que você acha disso?

NEVINHA

>Seu Aderaldo, falar dessas coisas é pecado!

ADERALDO

>Que pecado que nada! Pecado é coisa superada!
>O que é que você acha disso, de mim e de minha mulher?
>Diga, não custa nada!

NEVINHA

>Seu Aderaldo, isso é uma coisa muito esquisita!

ADERALDO

    Não tem nada de esquisito!
    Clarabela é uma mulher bonita,
    elegante, todo mundo, no Recife, gosta dela!
    Mas, depois que eu vi você, Nevinha,
    não acho mais graça em mulher nenhuma!
    Você, sozinha,
    vale umas sete Clarabelas!
    Mas, cuidado! Aí vem ela!

Entra CLARABELA, vestida "a caráter" para o lugar "rústico" em que se encontra, com amplo chapéu de palha e uma enorme piteira.

CLARABELA

    Ah, o campo! O Sertão! Que pureza!
    Como tudo isso é puro e forte!
    Esse cheiro de bosta de boi, que beleza!
    A alma da gente fica lavada!
    As bolinhas dos cabritos, o canto das juritis,
    o cocô dos cavalos, o cheiro dos roçados,
    a água pura e limpinha
    e esse maravilhoso perfume de chinica de galinha!
    Ah, a vida pura! Ah, a vida renovada!
    A catinga dos bodes, como é forte e escura!
    E a trombeta dos jumentos, como é fálica, vibrante e
                                    [animada!

Ah, o campo! A alma da gente fica lavada!
A vida primitiva em todo o seu sentido!
Dá vontade de ir à igreja, de se confessar,
de fazer a sagrada comunhão
mesmo sem nela acreditar!
Dá vontade até de não chifrar mais o marido,
só para nos sentirmos tão puras quanto o Sertão!

Aderaldo, tossindo.

Um-rum, um-rum! Terré, terré!
CLARABELA
Aderaldo, querido! Que saudade!
Não sei, na impaciência de revê-lo,
como suportei essa viagem!
Beije de longe, para não estragar a maquilagem!
Ah! Que beijo fabuloso! Olhe, você fez a transação
e açambarcou o gado do Sertão?
ADERALDO
Fiz!
CLARABELA
Eu lhe trago a proposta dos galegos:
é para fazer a sociedade com eles,
botar um frigorífico e passar a exportar para lá
toda a carne do Sertão.

ADERALDO

    Eu, o que queria era ganhar sozinho.

    Mas, se não tem outro jeito, vou telegrafar ao galego:

    aceito que ele seja meu patrão!

CLARABELA

    Mas tudo isso são coisas sujas, interesses, negócios!

    A mim, o que interessa é o amor!

    Como vai esse amor de marido?

    Você sabe que está ficando de novo na moda

    a gente gostar do marido? Todas nós, lá do Clube,

    agora estamos dando entrevistas dizendo isso:

    que na aparência talvez não, mas, no fundo,

    nenhuma de nós troca o marido por homem nenhum do

                                             [mundo!

    Está na moda, de novo! Quanto a mim, sempre achei

                                                 [isso:

    você sempre foi minha flor

    e nós dois sempre vivemos, na compreensão do

                                               [casamento,

    a *vivência* do amor!

ADERALDO

    A *o quê*?

CLARABELA

    A vivência! Está na moda, também!

    Não é coisa que eu invento!

    A vivência do amor faz parte, agora,

da *problemática* do casamento!
É outro tema palpitante do momento,
um problema de comunicação,
para evitar a poluição populacional e a massificação!
Você precisa fazer um curso, Aderaldo!

ADERALDO

Curso de quê, Clarabela?

CLARABELA

Qualquer curso! Se for dado por um alemão
[neomarxista
é melhor! Mas, na falta dele, um americano neoliberal
ou um sociólogo tropicalista também serve!
Mas não fale, espere! Quem é esse rústico maravilhoso
que está aqui, dormindo ao Sol?
Não diga, espere! Já sei! É o Poeta!

ADERALDO

É! Como foi que você adivinhou?

CLARABELA

Mas está claro, Aderaldo! Com essa incompetência,
esse desprendimento, esse descuido, essa
[imprevidência...

ADERALDO

O que ele é, é podre de preguiça!
Isso é preguiçoso que fede! Desculpe, Dona Nevinha!

CLARABELA

>Ah, a mulher do Poeta! Vê-se logo! Me diga uma coisa:
>a senhora compreende seu marido?
>Que é que a senhora faz para ajudá-lo?

NEVINHA

>Ajeito o feijão, quando tem,
>tiro espinho de seu pé,
>cuido dos meninos, faço a ponta dos lápis,
>quando ele pede, eu dou cafuné...

CLARABELA

>Mas não me diga que a senhora não o inspira!

NEVINHA

>Como é, Dona Clarabela?

CLARABELA

>Eu estou perguntando se a senhora *inspira* seu marido!

NEVINHA

>Oxente, Dona Clarabela, quer encabular meu
>>[pensamento?
>Alegria de pobre é essa, mesmo!
>Não é da lei do casamento?
>Mas é melhor a gente acordar Simão,
>que eu sei que a senhora quer conhecer os versos dele.
>Simão! Simão! Acorde, homem de Deus!

SIMÃO

>Ah, meu Deus, ô aperreio dos seiscentos diabos! Que é,
>>[mulher?

NEVINHA

    Acorde, que Dona Clarabela está aqui e quer conhecer
                                                                                       [você!

SIMÃO *(Coçando-se.)*

    Eita, vida velha desmantelada!
    Olá, Seu Aderaldo Catacão! Como vai?

ADERALDO *(Rosnando.)*

    Bem!

SIMÃO

    Ô Nevinha, você diz que é mania minha,
    mas Seu Aderaldo tem alguma coisa de peru,
    de bode, de cachorro e de boi caracu!
    Como vai o senhor, Seu Aderaldo?
    Ainda está podre de rico? Tem trabalhado muito?

ADERALDO

    Tenho! Mas, em compensação, veja o que você tem na
                                                                                      [cozinha!
    Depois, vá na minha casa e veja o que tem na minha!
    Olhe como sua mulher se veste, e olhe a minha!

NEVINHA *(Para cortar.)*

    Simão, esta é Dona Clarabela, mulher de Seu
                                                                               [Aderaldo!
    Ela quer ouvir seus versos: se gostar, você está
                                                                               [empresado!
    Ela compra tudo!

CLARABELA

>Joaquim Simão, Poeta, grande prazer em conhecê-lo!
>Sou uma amante das Artes, uma colecionadora,
>um marchã de saias, uma aficcionada!
>Já realizei sete exposições de Pintura
>e cinco festivais de canções, jograis e poesias!

SIMÃO

>Tudo isso a senhora faz? Danou-se!

CLARABELA

>Não!
>Eu apenas organizo as coisas, com os quadros dos
>   [pintores
>e os versos dos poetas que frequentam meu salão!

SIMÃO

>Mas Dona Clarabela, isso tudo é uma piteira?
>Tá, agora já posso morrer
>e dizer a todo mundo que já vi uma piteira!
>Que piteira comprida amolestada!
>Isso é que é uma piteira arretada!
>Chega a ter meio metro?

NEVINHA

>Meu Deus, o que é que ela vai pensar?
>Simão, você podia era mostrar...

SIMÃO *(Tomando a piteira.)*

>Dona Clarabela, me ceda aqui essa piteira!
>É de ouro ou é somente amarela?

Danou-se! Dois palmos e uma chave! A fumaça
já chega na boca fria, hein, Dona Clarabela?

CLARABELA *(Retomando a piteira.)*

Deixe isso pra lá!

NEVINHA

Simão, você podia era mostrar
uns folhetos e romances a Dona Clarabela!

CLARABELA

É! Joaquim Simão, disseram-me que você é Poeta!
Mas me diga uma coisa: seus versos são *puros*?

JOAQUIM SIMÃO

Às vezes são meio safados, Dona Clarabela!

CLARABELA

Estou falando é de outra coisa! Desta vez
achei o Sertão já se corrompendo, já sem aquela pureza,
já com ônibus... Da outra vez em que vim, era uma
[beleza:
a gente vinha nuns caminhões e nuns cavalos duma
[pureza...
Você não acha?

SIMÃO

Dona Clarabela, eu prefiro o ônibus, é muito mais macio!

CLARABELA

Joaquim Simão, não me decepcione! Não venha me dizer
que você não é *autêntico*! Você é autêntico?

SIMÃO

    Não senhora, eu sou um pouco asmático, autêntico não!

CLARABELA

    Ih, que vulgaridade! Mas é isso mesmo, estou
                              [habituada!
    Os artistas gostam de intrujar um pouco
    e de subverter todos os valores,
    principalmente diante de seus admiradores!
    E então quando se trata de mulheres, hein? É ou não é?

SIMÃO

    Mulher? Mulher é xerém, vai uma, vem cem! Rá, rá, rá!

ADERALDO *(À parte.)*

    Que acha do Poeta?

CLARABELA

    Um pouco vulgar, mas às vezes é assim mesmo!
    Simão, vamos ao assunto principal, os versos!
    Que é que você pode me mostrar?

SIMÃO

    Eu posso mostrar tudo contanto que não seja
    contra a lei do Juiz, de Deus e da Igreja!
    Rá, rá, rá!

CLARABELA

    Eu me referi, naturalmente, a mostrar obras poéticas!
    Que é que você faz, nisso, e agora pode me mostrar?

SIMÃO

    Conforme! A senhora quer uma obra *ligeira* ou uma
    [*demorosa*?

CLARABELA

    Ai, que coisa pura! Eu quase diria *mística*!
    Que é *ligeira*? Que é *demorosa*?
    É algo ligado à forma de vanguarda,
    ou é coisa mais conteudística?

NEVINHA

    Ligeira é pequena, que passa depressa!
    Demorosa é grande, que demora a contar!
    Simão, a solução é essa:
    você canta uma ligeira, e aí, se ela gostar,
    canta uma mais demorosa! Não é, Dona Clarabela?

CLARABELA

    Não sei, Simão é quem decide!
    O artista, pra mim, é sagrado!
    Vamos respeitar a integridade do Poeta!
    Não vamos violentá-lo!

SIMÃO

    Epa! Me violentar? Como?

CLARABELA

    Ih, que homem puro! Sertanejo típico!
    Tão pundonoroso e delicado!

SIMÃO

Delicado, uma peida! Eu nasci foi pra ser homem,
e o homem, quando é homem mesmo,
dá a cabeça pra lascar mas não grita!

CLARABELA

Ai, que vulgaridade! Assim, não vai não! Vulgar,
metido a engraçado, cheio de trocadilhos de mau gosto!
Poeta, quando é Poeta, tem logo escrito no rosto!
Mas assim, desse jeito, cheio de coisas, de agonia?
Pode ser Poeta, mas não tem a vivência da Poesia!

ADERALDO

Eu bem que lhe dizia!

SIMÃO

Como é? Vai a ligeira ou a demorosa?

CLARABELA

A ligeira! Pelo menos acaba depressa!

SIMÃO

A senhora quer cantiga de bicho, de pau ou de gente?
Quer de estilo penoso ou de estilo amolecado?

NEVINHA

Simão, cante a cantiga do canário!
É tão triste, tão penosa, tão bonita!

CLARABELA

Ah, é? Então, eu quero essa! Sou louca por coisas
[românticas!
Sou a última abencerragem do Romantismo, não é, Simão?

SIMÃO

Sei não!
Mas se a senhora é quem confessa, pra que vou eu
[desmentir?
Bom, vai a do canário, não é? É a mais "penosa",
tanto porque é triste como porque é de canário
e canário tem pena! Rá, rá, rá! Lá vai:

"Lá de baixo me mandaram
um canário de presente.
O canário é cantador:
muito cedo acorda a gente.
Mandei fazer uma gaiola,
o carpina prometeu:
antes da gaiola feita,
meu canário adoeceu.
Mandei chamar um Doutor
com uma lanceta na mão
pra sarjar o meu canário
na veia do coração.
Na primeira lancetada
meu canário estremeceu.
Na segunda bateu asa,
na terceira ele morreu.
O enterro do meu canário
foi coisa pra muito luxo:

veio o gato da vizinha
e passou ele no bucho!
Comprei uma galinha
por cinco mil e quinhentos:
bati na titela dela,
meu canário cantou dentro!"

Então, Dona Clarabela, gostou?

CLARABELA

Joaquim Simão, você é um Poeta, um artista,
e com os artistas a gente deve ser sempre franca:
de modo que vou lhe confessar que não gostei!
Não gostei de modo nenhum, nem podia gostar!

SIMÃO *(À parte.)*

Essa, eu já vi que é burra!

CLARABELA

Não há, na cantiga, nenhuma unidade de estilo
e a estrutura é muito mal amarrada!
O canto é sempre romântico, mas a história é misturada,
ora sentimental, ora metida a engraçada!
O enterro do canário, com aquele gato e aquele bucho,
francamente, é de péssimo gosto!
Quanto ao fim, é inteiramente sem sentido.
Como é que diz, mesmo?

SIMÃO *(Recitando, de má vontade.)*

"Comprei uma galinha

por cinco mil e quinhentos.
Bati na titela dela,
meu canário cantou dentro!"

CLARABELA

É, é inteiramente sem sentido!
Podia-se pensar num pouco de surrealismo
— talvez seja o que você pense! —,
mas surrealismo com titela de galinha,
francamente, não convence!
Em suma e para resumir: no começo,
trivialidades *sem* pretensões;
no fim, subliteratura *com* pretensões!

SIMÃO

Mas Dona Clarabela, a senhora
deve ser muito inteligente,
porque fala tão difícil,
que a gente chega esmorece!

CLARABELA

Ora, qual, meu caro Poeta! Que inteligência que nada!
Inteligente é você, que tem talento criador,
esse dom maravilhoso!
E que talento deve ser o seu!
Se for como o dono, é magro e anguloso!
Você disse que Aderaldo tem algo de peru...
Não sei se é verdade ou não, você é meio maldoso!
Mas sei que você tem algo de galo de briga,

com esse penacho e esse bico vigoroso!
Não gostei de sua primeira obra, mas você
deve ter outras coisas, com esse talento fabuloso!
Tem outro romance de bicho? É no estilo penoso?

Simão

Tenho, mas é no estilo amolecado. Serve?

Clarabela

Serve, como não? Vamos, dê lá o serviço!
Que é que você tem de melhor
de bicho e nesse estilo?

Simão

Pra mim, é a "Cantiga dos Macacos". Ouça lá:

"Havia um homem, no mundo,
que trabalhar não queria.
Pegou, botou um roçado
da distância de três dias,
pra produção da lavoura,
pra remissão da fami'a.

Na lavoura do roçado,
alimentava seus filhos,
na beirada dum riacho,
na ribanceira dum rio;
os macacos deram dentro
e comeram todo o milho.

Ele tinha um cavalo
que pra nada mais prestava
e já vivia pensando
se vendia ou se matava:
botou dentro dum cercado
para ver em que é que dava.

O cavalo disse a ele:
— Não me mate, meu patrão.
Vou lhe mostrar que este velho
inda é de precisão.
Vou dar jeito nos macacos,
vou lhe dar definição.

Quando foi no outro dia,
que o sol já vinha saindo,
os macacos apareceram,
uns cantando, outros se rindo:
o cavalo se deitou
feito morto ou dormindo.

Disse aí um dos macacos:
— Esse, já chegou no porto!
O dono desse roçado
não tem mais esse conforto,
que o diabo do seu cavalo
amanheceu hoje morto!

Disse o chefe dos macacos:
— Pra esse eu já canto missa!
Vamos pra beira do mato,
tirar cipó sem preguiça,
que, com pouco, não se aguenta
o fedor dessa carniça.

Vamos pegar o cavalo
em nosso corpo amarrar.
Amarrando em todos nós,
a gente vai arrastar:
leva pra casa do dono,
que é pra se rir e mangar!

Pegaram a cortar cipó,
do mais pequeno ao maior:
bota-se o cipó mais grosso
na cintura de Jacó,
pois ele é o macaco-chefe,
fica com o cipó melhor!

Estando tudo amarrado,
o cavalo estremeceu.
Gritou: — Lascou-se o macaco!
Pai Jacó então gemeu:
— Aguenta, rapaziada,
que, arrastado, já vou eu!

Espera, cavalo velho!
— diz Jacó, na agonia. —
Dou-te água a toda hora,
milho três vezes no dia.
E quanto mais ele chorava,
mais o cavalo corria!

Quando o cavalo chegou perto,
deu um rincho de alegria:
saiu o dono da casa
com a mulher e a fami'a,
cada qual com seu cacete,
pra matar a macacaria!

Pegaram a matar macaco,
do mais pequeno ao maior!
O pau mais grosso, baixaram
na cabeça de Jacó:
que ele é o macaco-chefe,
leva a pancada maior!"

CLARABELA
    Terminou?

SIMÃO
    Terminou, sim senhora! Gostou?

CLARABELA
    Não!

SIMÃO *(À parte.)*

    Essa mulher, o que é, é muito da burra!

CLARABELA

    Meu caro Simão, você não acha tudo isso *fácil*?

SIMÃO

    Acho, sim senhora, mas é porque eu sou Poeta e sei fazer!
    O resto do povo, por aí afora, acha difícil!

CLARABELA

    Não, você não me entendeu! Não digo *fácil de fazer*,
    digo *cheio de facilidades*, *fácil*, entendeu?

SIMÃO

    Não entendi, não quero entender e tenho raiva de quem
                                                      [entende!

CLARABELA

    Olhe, tem um momento em que, no folheto, você diz:
    "Vou dar jeito nos macacos, vou lhe dar definição."
    O que é que quer dizer isso?

SIMÃO

    Sei não senhora! Do jeito que pensei, botei!
    Precisei da rima, do jeito que saiu, eu sapequei!

CLARABELA

    Eu bem que desconfiei!
    Isso não quer dizer absolutamente nada, Poeta:
    foi uma fraqueza na invenção
    que deu, como resultado, uma imperfeição formal,
    uma falha estrutural!

E depois, no fim, vem aquela moralidade tola, *fácil*:
o macaco-chefe tendo privilégios no começo
mas, em compensação, recebendo maior castigo no fim...
Além de ser, isso, um plebeísmo meio reacionário,
vê-se que você quer transformar a Arte num sermão!
Para resumir: você usa uma forma tradicionalista
e um moralismo de sermão;
eu, sou pela forma de vanguarda
e por um conteúdo mais consciente de participação!

Simão

Está vendo, Nevinha? O que é que eu lhe dizia?
Essa mulher é uma jumenta sem mãe!

Nevinha *(Aflita.)*

Simão! Dona Clarabela, não repare...

Clarabela

Qual, qual, Dona Nevinha, não precisa explicação!
Os artistas e poetas são sempre um pouco suscetíveis,
principalmente esses do tipo "galo de briga"!
E como é puro, esse narcisismo dele! Os artistas são assim:
no fundo, é um traço infantil!

Simão

Traço infantil no fundo quem pode ter é a senhora!

Clarabela

Ai, que coisa pura! Olhem, façamos o seguinte:
a senhora, Dona Nevinha, me leva em sua casa
e lá me mostra o que o Poeta tem escrito.

Não gostei dessas duas obras, mas posso gostar de outras,
doutra fase mais pura e primitiva!
Nós duas somos mulheres, vamos nos dar muito bem,
e lá dentro eu vejo o que Simão tem de mais bonito!
Você não vem, Aderaldo?

ADERALDO

Não, vou aproveitar e passar na Coletoria
e na agência do Banco, para saber se o dinheiro chegou.
Estou preocupado:
apliquei tudo o que tinha nesse gado
e os credores estão me esperando.
Vou ter um lucro tremendo na compra desses bois.
Tudo estava certo, mas será que, na remessa do dinheiro,
houve algum atropelo depois?

CLARABELA

Leve o cheque e vá saber!

ADERALDO

Não, eu vou lá, mas deixo o cheque.
Ele já está assinado.
Eu volto aqui para buscá-lo,
se o dinheiro já tiver chegado!
Não quero me arriscar a andar com o cheque,
é quase tudo o que possuo. Fique com ele,
guarde com cuidado.

*S*ai.

NEVINHA

    E você, Simão? Vem?

SIMÃO

    Eu, hein?
    Ô mulher, traz meu lençol,
    que eu estou no banco, deitado!

Deita-se no banco e adormece. As duas mulheres entram na casa. Entra em cena FEDEGOSO, vestido de Frade, com um peru na mão.

FEDEGOSO

    Agora, aqui, convém
    que o Mal assuma a roupa e o tom do Bem!
    Ei, meu senhor! Acorde, por favor!
    O senhor desculpe a chateação,
    mas sabe me dizer onde mora
    o poeta Joaquim Simão?

SIMÃO

    Simão é este seu criado! A casa é essa, aí!

FEDEGOSO

    E onde é que posso encontrar, santo homem,
    a senhora Dona Clarabela Catacão?

SIMÃO

    Aí mesmo, em minha casa. Tá, eu nunca tinha visto
    uma cobra assim, vestida de Frade: agora, já posso dizer
                                  [que vi!

Dona Clarabela! Dona Clarabela!

Tem um Frade aqui, à sua procura!

CLARABELA *(Da porta, falando primeiro para dentro.)*

Continue dando a busca, Nevinha, que eu já volto.

Que há, Joaquim Simão?

FEDEGOSO *(Em tom de canto gregoriano.)*

Minha filha, a paz a tenha em sua guarda

e a senhora se conserve com os seus

em saúde e alegria!

CLARABELA

Ai, que coisa pura e autêntica!

Que amor de Frade o senhor é!

Só com esta saudação, em cantoria,

a gente se transporta para a Idade Média

com toda a sua poesia!

FEDEGOSO

Eu sempre fui meio poeta, santa mulher!

Vim a mandado de seu marido:

ele está na Coletoria!

CLARABELA

Eu sei, senhor Frade!

FEDEGOSO

Eu cheguei de Campina agora mesmo:

sou do Convento franciscano de Lagoa Seca.

Sem uma pessoa de confiança para o mandado,

seu marido recorreu a mim.

Ele não deixou com a senhora um cheque assinado?

CLARABELA

Deixou, santo homem!

FEDEGOSO

Ele mandou dizer que o dinheiro tinha chegado.

Mandou este peru que comprou na rua

e disse que a senhora mandasse matá-lo

para que vocês dois comemorassem, juntos,

na noite de hoje e com muita alegria

a chegada do dinheiro!

CLARABELA

Ai, que coisa pura e poética!

Não acha, santo homem?

FEDEGOSO

Acho, santa mulher!

Seu marido é, a seu modo, um Poeta!

CLARABELA

Ah, é! Só um gesto desse! Comemorar uma coisa,

desse jeito e com a mulher! Que coisa pura!

FEDEGOSO

Pois ele mandou fazer uma coisa mais pura ainda:

disse que a senhora mandasse o cheque por mim,

porque ele precisa pagar logo aos homens do gado

e concluir todo o negócio!

CLARABELA

>Tome, o cheque está aqui! Ainda está quentinho,
>estava guardado bem juntinho do meu coração.
>Leve lá para Aderaldo essa joia valiosa
>e diga a ele que eu estou ansiosa,
>santo homem, para que tudo saia como ele quer!

FEDEGOSO

>Ele vai ficar mais ansioso ainda, santa mulher!

CLARABELA

>Então vá e leve, para ele não ficar esperando.
>(*Canta, gregoriano.*) Reze por mim, santo homem!

FEDEGOSO

>Rezarei! Faça outro tanto por mim, santa mulher!

Sai.

CLARABELA

>Simão, eu vou lhe ser franca:
>deixei sua mulher lá dentro de propósito,
>porque queria ter uma entrevista, sozinha, com você.
>Eu preferia à noite, é mais puro e mais poético!
>Mas, se não tem outro jeito, faz-se, mesmo, à luz do dia.
>Ô Simão! Se eu quisesse conseguir
>um amorzinho com você, podia?

SIMÃO

    Dona Clarabela, a senhora não me tente não,
    que eu tenho três fraquezas na vida:
    preguiça, verso e mulher!

CLARABELA

    Ai, que coisa pura! Agora, sim!
    Agora estou vendo que você é Poeta!
    Simão, o que é que você diz de mim?

SIMÃO

    Primeiro, que a senhora
    é uma mistura de cabra e cachorra.
    Depois, que é branquinha e lisa!
    A senhora é branca como macaxeira
    e deve ser aproveitada
    enquanto não vira maniva!

CLARABELA

    Ai, aproveite, Simão! Me mate, enquanto eu sou Anjo!

SIMÃO

    Ai, meu Deus! Só queria que Nossa Senhora me
                                           [ajudasse
    para eu não cair nos embelecos dessa mulher!

CLARABELA

    Oi, Simão, que é isso? Afracou?
    Não me diga que você está com medo!

SIMÃO

    Estou, Dona Caravela!

CLARABELA

>   Francamente! Era o que faltava!
>
>   Um rústico, medroso! Você é medroso, é?

SIMÃO

>   Sou! E lhe digo mais: tem que ser assim!
>
>   O homem, pra viver certo, tem que respeitar três
>   [coisas:
>   a mulher, o que é certo e Deus!

CLARABELA

>   Deus! Agora, sim! Era o que faltava! Ora Deus!
>
>   Isso é coisa superada, Simão!
>
>   Deus é uma ideia superada e obscurantista,
>
>   inventada pelos impostores e exploradores.
>
>   Pergunte a Aderaldo:
>
>   nós dois somos ateus e livres-pensadores!
>
>   Aderaldo é neoliberal,
>
>   mas eu sou social-democrata!

SIMÃO

>   A senhora pegue com essas coisas, vá se fiando,
>
>   que quando der fé, está no Inferno das Pedras,
>
>   no terceiro caldeirão, chiando!

CLARABELA

>   Ih, que coisa anacrônica e vulgar!
>
>   Medo de Deus! E, ainda por cima,
>
>   medo da mulher! Que vergonha!

SIMÃO

    Ah, Dona Clarabela, a senhora,
    vinda assim de longe, nunca pode entender isso:
    ela chora!
    Nevinha gosta de mim,
    e qualquer coisinha que eu faço com ela,
    qualquer traiçãozinha, mesmo das pequenas,
    ela abre a boca no mundo
    e bota pra chorar de repente!
    Se ao menos ela fosse ruim...
    Mas ela é aquela coisinha boa daquele jeito!
    Não tem coração duro que aguente!

CLARABELA

    Ah, já vi que você é inteiramente medíocre,
    um sujeito desclassificado, sem qualquer sensibilidade!
    Pensava encontrar um puro, um Poeta, um original,
    e lá vem você com Inferno, medo,
    Deus e amor conjugal!
    Desapareça da minha frente! Não quero mais vê-lo!
    Preguiçoso, medíocre, empulhador,
    que quer passar por Poeta!

NEVINHA *(Aparecendo à porta.)*

    Mas Dona Clarabela...

CLARABELA

>Sumam-se, a senhora e seu marido!
>Volto, hoje mesmo, para o Recife:
>não espero nem para depois!
>Eu não digo que ando sem sorte!
>Me deslocar de tão longe para ouvir sermão e verso
>>[ruim!
>Eu não estou dizendo! Sumam-se, todos dois!

Entra em casa, furiosa.

SIMÃO

>Eita, vida velha desmantelada!

NEVINHA

>Vida velha desmantelada, hein?
>Vida velha desmantelada o quê,
>seu cabrito sem-vergonha?
>O que eu quero saber, é como você
>se saiu, aqui, com Dona Clarabela!
>Estava com enxerimento para o lado dela,
>não foi?

SIMÃO

>Eu, Nevinha? Essa mulher tem cada uma!
>Você não viu como Dona Clarabela me tratou?
>Acha pouco?

NEVINHA

    Olhe o santinho de pau oco!

    Não venha com suas enroladas não,

    viu, Simão?

    Deixe de ser cínico e safado!

    Quando eu entrei, ela parecia

    uma gata vadia,

    e você um cachorro assanhado!

    Aqui houve coisa! Você catucou aquela mulher, Simão!

SIMÃO

    Catuquei nada, mulher!

NEVINHA

    Então, ela catucou você!

SIMÃO

    Catucou nada, mulher!

NEVINHA

    Catucou e você gostou,

    que eu estou vendo pela sua cara!

SIMÃO

    Você está doida, Nevinha! Eu não digo?

    Essa mulher inventa cada coisa!

    Não tem mulher sobrando, no mundo, assim não!

    Eu sou um sujeito feio, já não sou mais rapaz,

    tenho lá essa sorte de uma mulher

    vir me futucar assim, sem quê nem mais?

NEVINHA

>Ai, minha Nossa Senhora!
>Como me sinto infeliz, de repente!
>A coisa pior do mundo é ter um marido
>que futuca a mulher dos outros e engana a gente!

SIMÃO

>Deixa de choro, mulher! Acaba com isso!
>Acaba com esse aperreio inventado!

NEVINHA

>Eu só queria que Nosso Senhor me carregasse,
>para eu não ver nunca mais
>as safadezas desse safado!

SIMÃO

>Mulher, vem pra dentro, que teu mal é sono!
>Vem pra dentro, vem!
>Vem, que teu mal é sono e o meu também!

Entra ADERALDO, rápido e eficiente.

ADERALDO

>Clarabela! Clarabela!

CLARABELA *(Saindo de casa.)*

>Que há?

ADERALDO

>Me dê os parabéns, o dinheiro chegou!

CLARABELA

    Eu sei! Eu não recebi o peru?

ADERALDO

    O peru?

CLARABELA

    O peru, sim! Aquilo é que foi um gesto
    revelador de sentimentos enaltecedores!
    Poeta é você, viu, Aderaldo?
    Que delicadeza de sentimentos!
    Que diferença de certos empulhadores!

ADERALDO

    Hein? Está certo, obrigado. Agora, me dê o cheque!

CLARABELA

    O cheque, o Frade carregou no bolso.

ADERALDO

    Deixe de brincadeira, Clarabela!
    Que Frade?

CLARABELA

    O Frade que você me mandou,
    para dizer que o dinheiro tinha chegado,
    que me trouxe este peru que você comprou
    e que levou o cheque,
    como você ordenou!

ADERALDO

    Eu não mandei Frade nenhum aqui!

CLARABELA

    Minha Nossa Senhora! Meu Deus!

SIMÃO

    É coisa superada, Dona Clarabela!

ADERALDO

    Foi um ladrão! E você entregou o cheque?

CLARABELA

    Entreguei! Eu ia, lá, desconfiar de um Frade?

ADERALDO

    É a desgraça, o fim, o báratro profundo!
    A essas horas, o ladrão já deve ir longe!
    É isso a Vida! Sou isso, eu! É isso, o Mundo!

SIMÃO

    Está vendo, Nevinha? É ou não é o que eu vivo lhe
                             [dizendo?
    Está aí: Seu Aderaldo juntou dinheiro a vida inteira,
    tentando fazer a vida organizada.
    Deu o sangue por dinheiro!
    E de que foi que valeu? De nada!

CLARABELA

    O senhor não tem vergonha
    de escarnecer desse modo
    do sofrimento dos outros?
    O que é que você merece?

SIMÃO

    Eu não estou escarnecendo nada, Dona Clarabela!
    Agora, que parece castigo, isso parece!

CLARABELA

    Então, estamos arruinados?

ADERALDO

    Estamos. Tenho mais do que quando comecei.

    Mas, descer das alturas em que estava...

    Não, isso não vai ficar assim! Vou à polícia!

SIMÃO

    Homem, quer saber do que mais? Conforme-se!

    O senhor mesmo diz que ainda tem muita coisa:

    trabalhador como é, daqui a pouco está rico de novo!

    Assim, console-se e vá se aquietar,

    que pelo menos um peru você ganhou!

ADERALDO

    Miserável! Canalha!

    Agora, quer se vingar de mim, não é?

    Mas você está enganado, folheteiro!

    Vou pegar esse ladrão e recuperar o meu dinheiro!

Vai saindo.

SIMÃO

    Homem, deixe de agonia! Você ainda não tem um baú?

    Assim, fique junto de sua mulher, porque, como já disse,

    você ganhou pelo menos um peru!

Sai ADERALDO, estendendo-lhe o punho, numa banana. Entra QUEBRAPEDRA, pelo outro lado. Vem vestido de calunga de caminhão.

QUEBRAPEDRA

    Cadê Seu Aderaldo?

SIMÃO

    Saiu agora mesmo. Mas essa é a mulher dele.

QUEBRAPEDRA

    A senhora é que é Dona Clarabela?

CLARABELA

    Sou!

QUEBRAPEDRA

    Vim correndo, mandado pelo Delegado!
    O carro em que o tal Frade ia
    estourou um pneumático na estrada,
    e ele foi pegado!

CLARABELA

    Graças a Deus, meu Deus!

QUEBRAPEDRA

    Já está todo mundo na Delegacia, com o Frade preso,
    e o Delegado mandou dizer que a senhora
    mandasse o peru, para fazer-se o inquérito!

CLARABELA

    Está aí, pode levar!

QUEBRAPEDRA *pega o peru e sai correndo. Volta* ADERALDO.

ADERALDO
>Parece que o caso é sem jeito.
>A Polícia disse que não pode fazer nada!

CLARABELA
>Não pode? E não pegaram o ladrão?

ADERALDO
>Não!

CLARABELA
>E quem era aquele calunga de caminhão?
>O que é que quer dizer tudo isso?

SIMÃO
>Quer dizer que devem ter rogado na senhora, Dona
>>[Clarabela,
>a tal praga de urubu:
>já tinham perdido o cheque,
>perdeu-se, agora, o peru!

CLARABELA e ADERALDO *(Desmaiando.)*
>Ai!

SIMÃO
>Que azar mais desgraçado,
>esse de Seu Aderaldo!
>Só quem, estando com caganeira,
>comeu semente de jerimum!

Pra mim, isso
ou foi praga de rapariga sarará,
ou então foi ele que pisou
no rastro de algum corno, em jejum!

Entram MANUEL, MIGUEL e SIMÃO PEDRO.

SIMÃO PEDRO
Temos, então, a lição
de que a preguiça compensa!
MANUEL CARPINTEIRO
A lição não foi essa, Simão,
mas, sim, a de que é preciso
temperar sabiamente
o trabalho com a contemplação e o descanso.
Existe um ócio corrutor,
mas existe também o ócio criador.
MIGUEL ARCANJO
Ao mesmo tempo, nós passamos, aqui,
às nobres Damas e Cavalheiros,
nosso produto espiritual!
SIMÃO PEDRO
Não é que nós não reconheçamos
que alguns dos nossos concorrentes
podem também fabricar e vender
seus produtos, muito bem!

Mas é que o produto que não é garantido,
como o nosso, pela Fábrica original,
em pouco tempo relaxa, amolece e se estraga,
perde o predomínio natural!

Manuel Carpinteiro

Assim, procuro, não impor, mas colocar
meu produto Providencial:
moralidade, religião,
fidelidade, esperança, obediência,
tragédia, drama e comédia,
amor de Deus e da Igreja,
poesia e diversão.

Os Três

Aceitem nosso produto:
terão paz e salvação.

Fim do Primeiro Ato.

Segundo Ato

A Cabra do Cão Caolho

O cenário é o mesmo do Primeiro Ato. Entram
Manuel Carpinteiro, Miguel Arcanjo e
Simão Pedro.

Manuel Carpinteiro

    O cavalheiro vai, agora, ver
    as andanças da roda da Fortuna.
    Já se viu como um Rico empobreceu:
    veja-se agora, sob a luz do Santo
    — mas talvez contra o fogo deste Pássaro —,
    o que, por fim, ao Pobre sucedeu.
    Que opinião vocês têm de Simão?

Simão Pedro

    O que aconteceu, é o que eu dizia:
    Simão é Poeta e homem religioso!
    É artista e Poeta até o osso!
    Tem as suas fraquezas, reconheço!
    Mas, quem não tem fraquezas neste mundo?
    Ele não está só!

Miguel Arcanjo

    Co-coró-cocó!

Simão Pedro

    Que brincadeira mais besta!
    Essa história do galo já está enchendo!
    Neguei o Cristo mesmo, e daí?

A situação estava apertada, eu caí fora!
Mas depois, quando chegou a minha vez,
eu não venci o medo e não estava lá, na hora?

Manuel Carpinteiro

É verdade, Miguel: ele ficou
e uma morte terrível suportou!

Simão Pedro

E depois, se eu não tivesse feito essas besteiras,
nunca mais ninguém admitiria uma fraqueza
no Comandante da Igreja!
Se o Papa escolhido não tivesse sido
um sujeito cheio de defeitos, como eu,
nunca mais ninguém iria entender que a Igreja
é a Igreja, seja quem for que estiver à frente dela.

Manuel Carpinteiro

Está certa sua conversa.
Mas, agora,
o negócio é a briga entre o Rico e o Poeta.
Em que ficou ela?

Miguel Arcanjo

O moleque do Cão Coxo, disfarçado de Frade,
acabou com o dinheiro do Rico
e, em troca, um peru deixou.
Depois, chegou o Cão Caolho,
disfarçado de calunga de caminhão:
de volta, o peru levou.

Mas, com o que ainda ficou,
Aderaldo tudo de novo começou.
Ainda não está tão rico, não, mas vai se aprumando.
O homem é uma fera para trabalhar!

SIMÃO PEDRO

Ele é uma fera é para os outros enganar
e assim mesmo, pra ele, quando é pra ele ganhar!
Para os outros, não solta nada!
Quanto a ser uma fera, isso é mesmo. É até mais:
pobre que chega na porta dele só falta, mesmo,
levar uma dentada no céu da boca,
porque o resto, ele faz!

MIGUEL ARCANJO

Não, São Pedro, também não é assim não!
E depois, com o aperto que ele passou no roubo,
até se aproximou mais da religião!

SIMÃO PEDRO

Que conversa é essa? Esse tal de Aderaldo Catacão
continua, inclusive, dando em cima
da mulher de Joaquim Simão!

MANUEL CARPINTEIRO

É possível? Vamos, então, ficar aqui, de novo
e ver o que vai se passar!

SIMÃO PEDRO

Acho bom. Com as ruindades desse Rico,
o Cão já está podendo dele se aproximar!

Se o negócio continua assim,

não vai dar bom não, vai arruinar!

MANUEL CARPINTEIRO

Sim, São Pedro, mas quer um conselho de amigo?

Cuide, você também, do seu protegido!

Joaquim Simão é preguiçoso que faz dó!

Por esse fato, só,

de ele se chamar Joaquim — o nome do meu Avô —

e Simão — o seu — não vou fechar meus olhos

para os defeitos dele, nem que você queira!

E outra coisa: você anda pensando

em enriquecer seu protegido!

Veja lá: não vá me estragar a escrita!

Nem você também, São Miguel: por favor!

Um pouco de pobreza não faz mal a ninguém!

SIMÃO PEDRO

Sim, mas é de *pobreza*, não é, Senhor?

Miséria, faz mal, e muito!

Não quero que Simão seja rico, quero somente

que, com o que ele escreve, ganhe o suficiente!

O homem é casado e tem quatro filhos:

vive, tudo, nem sei como!

MIGUEL ARCANJO

Por culpa dele, da preguiça dele!

Manuel Carpinteiro

>Deixemos a discussão,
>para não escandalizar, aqui, o cavalheiro!
>O que digo, já disse: não vão me estragar a escrita!
>Vamos deixar o lugar para eles agirem
>e depois veremos! Como está a Cobra?

Miguel Arcanjo

>Está com a gota-serena, essa Maldita!

Manuel Carpinteiro

>Pois a função continua:
>deixemos que esses dois ajam.
>Você, Simão, não se meta!
>Deixe que os dois, livremente,
>sigam, por lá, seu caminho!

Simão Pedro

>Contanto que São Miguel
>prometa não se envolver!

Miguel Arcanjo

>Você promete também
>em nada mais se meter?

Simão Pedro

>Prometo! Nem eu me meto
>nem você! A gente deixa
>o barco, livre, rolar!
>Jesus decide a parada
>depois de tudo julgar!

MANUEL CARPINTEIRO

Vamos, então, começar!

Saem. Depois de um instante, SIMÃO PEDRO *volta e esconde-se.* MANUEL CARPINTEIRO *e* MIGUEL ARCANJO *voltam, à sua procura.*

MIGUEL ARCANJO

São Pedro! São Pedro! Para onde terá ido?

MANUEL CARPINTEIRO

Nem está, nem responde! Onde estará?
Deve ter ido para casa!
Vamos para o Céu! Ele deve estar lá!

Saem. SIMÃO PEDRO *sai do esconderijo.*

SIMÃO PEDRO

Saíram! Até que enfim!
Agora, eu entro com meu jogo,
faço meu passo miúdo!
Nosso Senhor, certamente, me viu:
ele vê e sabe tudo!
Então, se me deixou aqui, é porque
não está, de todo, contra mim!
E, se é assim,
agora é que eu vou mesmo!

Com Deus, eu vou até o fim!
Não estão vendo que eu não vou deixar
esse pobre passar aperto e privação?
Logo um homem chamado Joaquim
e que tem o mesmo nome que eu, Simão!
Simão, que nome simpático!
Parece, até, que estou ouvindo meu Pai gritar:
"Ô Simão, vai ali no Lago de Genezaré,
e me pega umas traíras para o jantar!"
E eu vou deixar um homem chamado Simão
passar necessidade? Eu não!
Vou me esconder por ali,
disfarço, dou uma mão,
e quando menos esperarem
entro em cena e dou um jeito
nessa miséria de Joaquim Simão!

Esconde-se. Entra MIGUEL ARCANJO, também com jeito de quem vem fugindo e com um grande saco às costas, saco cheio dos disfarces de que ele precisará depois. Esconde-se. Entra MANUEL CARPINTEIRO.

MANUEL CARPINTEIRO
São Miguel! São Miguel! É engraçado!
Um é um Santo, o outro é um Anjo,
o que quer dizer que todos dois fiam fino!

Mas, comparados comigo, não passam de dois meninos!
Querem ver eu dizer onde eles estão?
Está São Pedro aqui e São Miguel ali, é ou não é?
Modéstia à parte, é onisciência muita!
Mas vou deixar os dois no doce engano!
Assim, eles, sem saber, servem melhor a meu plano!
Eles que fiquem. Cada qual que trabalhe para um partido:
no fim, sai tudo como quero
e hei de aclarar o sentido!

Sai. Entra JOAQUIM SIMÃO, com a viola. DONA CLARABELA aparece à janela da casa do rico e SIMÃO canta-lhe uma espécie de seresta sertaneja.

SIMÃO

Quem sou eu, não te digo, Donzela!
Quem sou eu, não te posso dizer!
Sou um lírio do céu, esgalhado,
já cansado de tanto sofrer!
Era uma virgem que tanto eu amava
e eu, por ela, padecia dor!
Nunca mais que a sombra dela eu via,
bateu asa e para o céu ela voou!
Quem sou eu, não te digo, Donzela!
Quem sou eu, não te posso contar!

Sou um lírio do céu, esgalhado,
que o vento carrega pro Mar!

Dona Clarabela atira-lhe um beijo com a ponta dos dedos e entra em casa. Andreza entra em cena.

SIMÃO

Eita, vida velha desmantelada!

ANDREZA

Bom dia, Seu Simão!

SIMÃO

Menino, salvou-se uma alma: Dona Andreza falando
[comigo!
Bom dia! Que é que há, Andreza?

ANDREZA

Andreza, não! *Dona* Andreza!
Deixe, lá, de liberdade, viu Seu Joaquim Simão?
Gosto de ser respeitada!
Falei, mas não foi para o senhor vir com enxerimento
[não!

SIMÃO

Mas, minha filha, me diga, eu posso?
Ela fica logo azeitada!
Isso é que é uma freipa de mulher escorropichada!

ANDREZA

>Seu Simão,
>
>não se meta pra meu lado não!
>
>Eu dou-lhe uma tapa na cara!
>
>Olhe, se convença logo: comigo, o senhor não arranja [nada!
>
>Fique-se com Dona Clarabela!
>
>Olhe, eu vou lhe ser franca, Seu Simão:
>
>se o único homem que existisse no mundo fosse o [senhor,
>
>eu preferia morrer donzela!

SIMÃO

>Então, o que é que vem ver aqui?
>
>Por que não deixa minha casa em paz?
>
>Só vive na minha porta, cheia de cochichos para minha [mulher,
>
>parecendo um Anjo mau...
>
>A senhora me foi franca:
>
>eu vou ser franco também!
>
>Você desabe daqui!
>
>Senão, um dia eu me afobo
>
>e cubro você no pau!
>
>O que é que a senhora anda procurando aqui?

ANDREZA

>Um dia, o senhor saberá! Agora, por enquanto,
>
>o que vim fazer foi lhe dar um recado.

A tal da Dona Clarabela engraçou-se do senhor,
por que, não sei, Seu Simão!
E quer saber, pela última vez,
se o senhor topa a parada dela, ou não!

SIMÃO

Ah, já entendi tudo, então!
Quer dizer que o trabalho da senhora é esse, hein?
É por isso que a senhora vive aqui pelos cantos,
cochichando com minha mulher, hein?
Quer ver se enrola a minha, Nevinha,
enquanto me arranja a outra, hein?

ANDREZA

O que eu trago na cabeça
o senhor logo verá,
se é que ainda não viu!
Depois, olhe bem, e veja
o que apareceu na sua, viu?

SIMÃO

Hein?

Entra CLARABELA por trás dele e fica ouvindo.

ANDREZA

Vá vá vuta que o variu!

SIMÃO

Hein?

ANDREZA

>Nada, falei não!
>O fato, mesmo, Seu Simão,
>é que você é um frouxo de marca maior!
>Está é com medo de topar Dona Clarabela
>porque nunca viu uma mulher fogosa como aquela!
>Aí, vem com essa frescura de que sua mulher é boazinha,
>que chora, que o senhor fica com pena,
>e que "ai Nevinha!"
>e não sei que mais!
>O senhor está com medo é das duas, de uma vez!
>De Dona Nevinha, porque todo homem tem medo da
>[mulher,
>mesmo o mais botocudo!
>E está com medo de Dona Clarabela, porque ela
>é parada indigesta, com piteira e tudo!

SIMÃO

>Dona Andreza, você me deixe de mão!
>Não venha me esculhambar, não,
>senão eu mostro a essa tal de Clarabela
>que o mundo não é o que ela está pensando não!

CLARABELA

>Ai, que Simão vai me mostrar como é o mundo!
>Mostre, mostre, Simão! Quero esgotar a taça do prazer
>até o fundo!

SIMÃO *(Circunspecto e tímido.)*

    Dona Caravela, bom dia!

CLARABELA

    Bom dia? Só?

    É o mais que você acha, para me dizer?

    Você não estava me ameaçando?

    Eu adoro ser ameaçada!

    E adoro, mais ainda, quando vejo

    a ameaça realizada!

    Venha! Realize a ameaça!

SIMÃO

    Dona Caravela, bom dia! Como vai Seu Aderaldo?

ANDREZA

    Homem, deixe de ser frouxo!

    Vá lá, agarre essa bicha!

    Pega! Lasca! Dê-lhe uma chamada!

SIMÃO

    E é? Assim, de repente?

ANDREZA

    E então? Com mulher dessa qualidade

    o negócio é atracar!

    Chegue lá, dê uma atracada nela,

    dê-lhe uma chamada boa, que ela vai gostar!

SIMÃO

    Mas o que é que eu digo?

ANDREZA

    Você chega lá, atraca,
    e depois faz uma declaração de amor!

SIMÃO

    É mesmo, eu vou!
    Dona Clarabela, declaração de amor!

CLARABELA

    Ai, que coisa pura! Nunca pensei ouvir isso!
    Andreza, tome aqui esse dinheiro por seu bom
                             [serviço.
    E, agora, me deixe só com o Poeta! *(Sai ANDREZA.)*
    Joaquim Simão, gostei muito
    da maneira afetuosa
    com que você me saudou.
    Como vai esse homem belo?
    Como vai, com esse corpo,
    com esses braços tão compridos,
    tão angulosos e ossudos?
    Como vai, com essa barriga
    reentrante e inexistente,
    tão popular e tão pura?
    E a sua autenticidade?
    Como vai, com tudo isso
    que, para mim, representa
    tentação e novidade?

SIMÃO

    Vou meio doído, Dona Clarabela!
    A minha luta é danada, não tem quem aguente!
    Acordei inda agora, tomei um cafezinho,
    fiquei por ali vendo uma coisa, outra,
    espiando a maçaranduba do tempo,
    peguei minha viola,
    toquei, aqui, uma cantiga para a senhora,
    escrevi um pedaço de folheto, um repente...
    Uma luta dessa, não tem quem aguente!
    Olhe, Dona Clarabela, pobre nasceu pra penitente!
    Estou todo doído! Esta vida de poeta, é, mesmo, uma
                            [bosta!

CLARABELA

    Coitado, que coisa horrível!
    Simão, vou lhe fazer uma proposta!

SIMÃO

    Dona Clarabela, fale baixo, que Nevinha pode ouvir!
    O que é isso que a senhora quer fazer comigo?
    Proposta?

CLARABELA

    Calma, homem puro! Proposta
    é uma pergunta que se faz,
    para saber se a pessoa aceita ou não aceita,
    gosta ou não gosta!

Que homem mais horroroso!

Ficou logo botando maldade, hein, maldoso?

SIMÃO

A senhora não explica! E qual é sua proposta?

CLARABELA

Você não disse que está com o corpo doído?

SIMÃO

Disse, Dona Clarabela!

Não há quem aguente essa luta de escritor e Poeta!

CLARABELA

Pois aqui vai minha proposta:

você deite aqui no banco,

que eu vou lhe dar uma massagem nas costas!

SIMÃO

Uma massagem? O que é isso?

CLARABELA

Você se deita aqui, eu pego você por trás,

vou amolegando assim,

vou amolegando mais,

devagar, bem devagar

como quem prepara massa!

Agrado, esfrego, amolego:

a dor, num instante, passa!

SIMÃO

Minha Nossa Senhora, me ajude,

senão eu caio no chamego dessa mulher!

CLARABELA *(Impaciente.)*

    Não quer não, é?

SIMÃO

    Dona Clarabela, isso é pecado!

CLARABELA

    Lá vêm as besteiras desse atrasado!
    Eu não já lhe disse que não existe pecado?
    Olhe, quer saber de uma coisa, Simão?
    Eu hoje não acabo o dia sem dar uma massagem
    nas costas de um rústico, de jeito nenhum!
    Se não for você, será outro, que já mandei contratar!
    Assim, aproveite! Quer ou não quer? Se não quer,
    diga, que eu mando buscar logo o vaqueiro Fedegoso!
    Mas eu prefiro você! Inventei de dar massagem
    hoje, num rústico qualquer, e aquele que escolhi
    por sua autenticidade,
    por sua angulosidade,
    rusticidade e pureza
    foi você! Quer ou não quer?
    Venha! Deixe de ser frouxo!
    Está com medo da mulher?
    Olhe, eu vou amolegando,
    como quem prepara massa,
    agrado, agrado, a dor passa!
    Quer?

SIMÃO

    Ai, quero!

CLARABELA

    Então, venha cá! Não tenha medo!
    Não é pecado nenhum!
    Está vendo? Vai, e vem!
    Suas dores passarão,
    minhas angústias também!
    Venha, venha! Sim, assim!
    "Carneirinho, carneirão, é de São João!
    É de cravo, é de rosa, é de manjericão!
    Carneirinho, carneirão, é de São João!
    É de cravo, é de rosa, é de manjericão!"
    Está bom?

SIMÃO

    Está ótimo!

CLARABELA

    "Carneirinho, carneirão, é de São João..."

NEVINHA aparece na porta da casa. SIMÃO avista-a, dá um pulo e começa a dançar.

SIMÃO

    Ai! "Carneirinho, carneirão, é de São João,
    é de cravo, é de rosa, é de manjericão!"
    Está vendo, Dona Clarabela?
    É assim que se dança o xaxado!

CLARABELA

    Oxente, Simão! Você ficou doido?

SIMÃO *(Sempre dançando e cantando.)*

    Carneirinho, carneirão, minha mulher está olhando,
    carneirinho, carneirão, ela vem chegando!

CLARABELA

    Ai!

Corre para dentro de sua casa.

NEVINHA

    Simão, seu peste, seu condenado!
    Agora, eu peguei!
    Meu Deus, como sou infeliz! Dediquei
    toda a minha vida a meu marido,
    para, depois, descobrir que ele é um safado!

SIMÃO

    Mas Nevinha, você já vem de novo com suas coisas!
    O que foi que eu fiz, pelo amor de Deus?

NEVINHA

    Você deixou Dona Clarabela catucar você!

SIMÃO

    Mas mulher, já é essa história de catucado de novo?
    Que maluquice mais sem juízo é essa?
    Quer dar em mim, quer? Dê!
    Eu não já disse que a única mulher
    que eu deixo me catucar é você?

NEVINHA

E eu não vi não?

SIMÃO

Você viu? Que mentira! O que foi que você viu?

NEVINHA

Vi você, aí todo derretido
e Dona Clarabela futucando suas costas!

SIMÃO

Menina, deixa de ser doida! Você não está vendo
que essa história não tem sentido?
Você sempre será ameninada,
a menininha, querida do marido!

NEVINHA

Vá pra lá, tarado! Não quero mais nada com você!
Deixar uma *cabra* daquela catucar suas costas!

SIMÃO

Que catucar que nada, mulher! Eu estava era ensinando
Dona Clarabela a dançar o xaxado de São João!

NEVINHA

Não meta São João em suas safadezas não, safado!
Ateu, ímpio, incréu, herege, condenado!

SIMÃO

Mulher, deixa disso! É uma injustiça tão grande
que chega a bradar aos céus! Você, me caluniando!
Eu estava era ensinando!

Assim, olhe: "Carneirinho, carneirão, é de São João,
é de cravo, é de rosa, é de manjericão."
Quando ela estava começando a aprender o ritmo,
ali no banco, e ia começar a dançar,
você chegou, na horinha,
e meteu logo na cabeça que era safadeza minha!

Nevinha

Mentira, Simão!

Simão

Juro, Nevinha,
minha oncinha,
minha ovelhinha branca, amor de meu coração!

Nevinha

E você não me enganou não?

Simão

Nevinha, vou jurar, pra você não duvidar:
eu nunca lhe botei um chifre, nem hei de botar!

Nevinha

É mesmo, Simão?

Simão

E então? Agora, em troca dessa minha bobagem,
de minha fidelidade, você precisa ser sempre carinhosa,
amiga e camarada, que é para me dar coragem!
Até parece que você está gostando menos de mim...
Nunca mais me deu um agrado, um cafuné, uma
                              [massagem...

NEVINHA

    Massagem?

SIMÃO

    Sim! Não sabe o que é massagem não?
    Ah, você está muito atrasada!
    Você pega minhas costas por aqui,
    vai agradando, catucando,
    amolega pr'um lado, puxa pro outro lado...

NEVINHA

    Simão, safado!
    Isso foi Dona Clarabela que ensinou a você!

SIMÃO

    Deixa de doidice, mulher! Isso eu li,
    num livro que chegou de Campina, e aprendi!

NEVINHA

    Foi mesmo?

SIMÃO

    Foi! Você me dá uma massagem?

NEVINHA

    Dou! Agora, tem uma coisa: se eu descobrir
    que você está me traindo,
    eu furo seus olhos e boto chumbo derretido
    em seu ouvido,
    quando você estiver dormindo!

SIMÃO

    Deixa de valentia, Nevinha, que brabeza não combina
                             [com você!

Vamos tirar uma pestana, que o mal da gente é sono!
Vamos dormir, e acabe com essa história!

NEVINHA *(Abraçada a ele.)*

Não tem jeito não, meu Deus!
Esse homem é minha fraqueza e minha glória!

Entram em casa, abraçados. Em cena, entram ANDREZA *e* ADERALDO.

ADERALDO

E Nevinha? Continua sem querer nada comigo?

ANDREZA

Continua! Já fiz tudo! Parece que não há jeito!

ADERALDO

Ela sabe que eu estou enriquecendo novamente?
Digamos que eu já tenha duzentos mil contos!
Você já imaginou o que é isso?
São duzentas mil notas de um conto
empilhadas uma em cima da outra! É uma beleza!
Com dinheiro, pode-se comprar a terra,
o ar, a água, o fogo, toda a natureza!
Com dois anos de trabalho,
vendendo e matando gado,
emprestando meu dinheiro
a troco de juros fortes,
eu vou terminar mais rico

do que era antes de o Frade
desgraçado me roubar!
Que diz você? Que é que acha?

ANDREZA

Acho o plano muito bom!

ADERALDO

E Nevinha? Cairá?
Tenho uma sede danada
nessa mulher. Que será?

ANDREZA

É quebranto! Passa logo!
Nevinha está começando
a desconfiar do marido
por causa de certas coisas
que andou assistindo aqui!
Vou jogar lenha no fogo!
Mulher casada e ciúme
é coisa pra cai não cai!
É o tempo em que o senhor
fica, de novo, bem rico!
Ela vai abrir a boca
com a sua eficiência:
dá-se, então, um empurrãozinho
e ela, docemente, cai!

ADERALDO

Eu abro os braços e aparo!

Ai, Cão, que felicidade!
Mas meu trunfo principal
é a pobreza do marido,
a preguiça de Simão.
Passando necessidade
e vendo como estou rico,
Nevinha se abala e cai
na armadilha dos meus braços!

Saem. Entra SIMÃO PEDRO.

SIMÃO PEDRO

Pois sim! Vocês vão pensando!
Quem disse que eu vou deixar?
Fica tudo em minha mão!
Vou tomar minhas providências
e ninguém chifra Simão!
Lá vem ele!

Esconde-se de novo. Entram SIMÃO e NEVINHA.

SIMÃO

Então? Sou bom marido, ou não?

NEVINHA

É, filhote! Eu nunca disse o contrário!

SIMÃO

    Disse, meu bem! Você foi muito injusta!
    Eu, um Poeta, um *autêntico*, um *puro*,
    e você me acusando assim, sem saber, no escuro...

NEVINHA

    Meu filho, me perdoe! Eu também posso me enganar!
    É que gosto tanto de você, que às vezes fico com
                                [ciúme!
    Dona Clarabela é inteligente, bonita, rica, tem
                                  [estudo...
    Eu não sei nem conversar com você
    sobre os *romances* e *folhetos* que você faz!
    Ela, não! Sabe tudo!

SIMÃO

    Sabe tudo, uma merda!
    Aquilo é uma jumenta sem mãe!
    É burra de fazer pena!
    Eu não digo! Uma desgraçada
    ruim como Dona Clarabela,
    chifrando o marido como chifra,
    e ainda se acha com o direito de dizer
    que minha poesia é ruim! Ruim, é ela!

NEVINHA

    É mesmo, meu filho! É uma peste, aquela Clarabela!
    Não queira mais negócio com aquela mulher!
    Acho que você não deve mais nem mostrar

a ela o que você fizer!

E aquilo é burrice dela!

Sua poesia é linda!

SIMÃO *(Satisfeito.)*

Você acha?

NEVINHA

Demais! A do canário, toda vez que você canta,
me dá vontade de chorar!

E a dos macacos é tão engraçada!

SIMÃO *(Lisonjeado.)*

Nada! Isso é porque você gosta de mim!

NEVINHA

Juro que não, Simão! Você pode acreditar!

É que eu, mesmo, acho você um Poeta maravilhoso!

SIMÃO

É mesmo, Nevinha?

NEVINHA

É o maior que eu conheço!

Eu lhe digo com franqueza:

tenho ouvido poesia

e tenho lido folheto

de Leandro Gomes de Barros,

de Inácio da Catingueira,

de Silvino Pirauá,

de José Camelo e Dila,

de Jé, de Sales Areda,

dos Romanos, dos Batistas;
são, todos, maravilhosos:
mas o maior, mesmo, é você!

SIMÃO

Nevinha, muito obrigado!
Você não sabe a alegria
que me dá, dizendo isso!

NEVINHA

Agora, eu lhe sou franca, Simão:
do jeito que digo o que acho,
no que não acho dou a minha opinião.

SIMÃO

E o que é que há?

NEVINHA

Por que você não deixa a poesia
para as horas vagas e não vai trabalhar?

SIMÃO

Agora, já começa a dizer besteira!
Trabalhar pra quê, mulher?
Trabalho não me convém!
O que tiver de ser meu
às minhas mãos inda vem!
Se trabalho desse lucro,
jumento vivia bem!
Eu vejo esse povo que se mata,
pensando que ser burro de carga

é tudo no mundo:
quando estouram, deixam tudo
e, ainda por cima, perderam a alma
e caem no Fogo profundo!

NEVINHA

Sabe que é capaz de você ter razão?
Mas então vamos, pelo menos,
nos mudar para outro lugar.
Talvez, aí, nossa situação
inda venha a melhorar!

SIMÃO

Mulher, se há uma coisa
que eu tenho no mundo é juízo
e, graças a meu bom Deus,
o juízo que ele me deu
eu ainda guardo aqui quase todo!
Se eu estou mais ou menos aqui
pra que ir pra outro lugar?
Pedra que muito rebola
nunca pode criar lodo!

NEVINHA

Sabe do que mais, meu Quincas?
Você é quem está certo
e perdoe sua mulher!
Se aqui nós vamos vivendo
da maneira que Deus quer,

talvez seja até melhor
nem pensar nessa viagem!
Mas, também, tome coragem:
vamos botar um roçado!
Planta-se milho, algodão,
arroz, batata, feijão,
em casa eu ajeito um cortiço,
e, quando chegar agosto,
que é o mês melhor para isso,
estando tudo tratado,
tira-se o algodão branquinho,
o feijão castanho, o mel dourado!

SIMÃO

Mulher, deixe de loucura
que eu sei isso como é:
a gente limpando mato,
vem a cobra e morde o pé!
O Sol acaba a lavoura:
nem preá e nem mondé!
Trabalho sustenta a gente
mas é só pra serventia,
é a obrigação do mundo
no suor de cada dia!
E eu trabalho: penso, escrevo,
invento, na Poesia,
crio histórias para os outros,

espalho alguma alegria,
espanto a treva do Mundo
que em meu sangue se alumia,
dou beleza ao crime e ao choro...
É pouco, mas tem valia!

NEVINHA

Está certo, meu bem, está certo.
Você é quem tem razão
e sou eu que estou errada!
Mas o jantar de hoje à noite?
Não se esqueça dos meninos:
está crescendo a ninhada!
E para o jantar em casa
nós, hoje, não temos nada!
Pegue ali sua espingarda
e vá pro mato caçar.
Vá matar uma codorniz,
um mocó ou um preá!
Só não traga punaré!
Mas um tatu, ou um tejo,
nambu, rolinha, asa-branca
você encontra e, encontrando...

SIMÃO *(Imitando uma espingarda.)*

Pá! Pá! Pá!

NEVINHA

Isto! Ferro na pedra, fogo no ar!
Você mata tudo isso,

traz pra casa o que caçar:
de noite eu faço o pirão
para a família cear!

SIMÃO

Parece até que já estou vendo a caçada!
Que caçada desgramada!
Eu vou seguir seu conselho
e me botar no caminho!
Mas me diga: eu estou no mato;
vou matar um passarinho;
pode lascar a espingarda:
o tiro sai da culatra
e acaba com seu velhinho!
Não tem batata de imbu?

NEVINHA

Tem!

SIMÃO

Pois pise e passe no ralo:
junte água quente e pimenta
e faça aquele pirão
o tal "cabeça de galo".
A filho de pobre, não falta fome!
Garanto que todos eles comem
e inda acham que é regalo!

NEVINHA

Está certo, meu filhote:
para o jantar, isso dá!

Mas a sobremesa? É possível
que os pobres dos nossos filhos
não tenham direito nem a uma coisinha
para adoçar o jantar?
Vamos ali ao angico:
hoje, eu passando por lá,
vi na terra um capuxu
que é o mel melhor que há!
Mel doce, limpo, cheiroso,
na terra, pra se tirar,
mel de ouro, favo claro,
e a cera, pra se guardar!
Ali, perto duma pedra,
dentro da terra a zoar,
está esse capuxu
— cera, mel e samburá!
Vamos, então, ao angico
para esse enxu arrancar!

SIMÃO

Eu não vou não, molecota:
você vá só, se quiser!
Só como coisa salgada:
coisa doce é pra mulher!
E eu não entro nesse jogo!
Capuxu é uma desgraça,
é a abelha que mais morde!

O ferrão dela tem fogo!
Eu tenho medo do Acaso,
este Mundo é um perigo,
a Morte vigia todos,
o Tempo é nosso inimigo
e quem se abre pra isso
não tarda a ter o castigo!
Em cada lugar do Mundo
Caetana nos espreita,
nos olha a Morte vermelha:
quem sabe se ela não chega
no ferrão dessas abelhas?

Nevinha

Que marido mais sabido!
Está certo, Joaquim Simão!
Mas deixe, então, que eu discuta
seguindo outra direção.
Você não sabe onde é
o Poço de João Dinis?
Hoje eu fui lá, lavar roupa,
e achei a casa dum peba.
Vamos lá, tirá-lo, juntos?

Simão

Você está doida, Nevinha!
O povo diz, por aí,
que peba come defunto!

Depois, tem que ser de noite:
perdemos nossa dormida!
Ele engana a gente, foge,
fica a viagem perdida
e lá vem, de novo, a morte:
uma cascavel nos morde,
lá a gente perde a vida!

Nevinha

Pensando bem, é verdade:
não escute o que eu dizia!
Mas lá no Poço tem peixe:
nem é sujo, como o peba,
nem morde como as abelhas!
Vá fazer uma pescaria!

Simão

Eu sou é ruim na tarrafa!
Se inda fosse jereré!
E, mesmo, esse poço é fundo
que não há quem tome pé:
a gente vai é passar
no papo do jacaré!
Sabe do que mais, Nevinha?
Forre o chão com a esteira
e vamos, nela, dormir.
Hoje eu canto numa casa,
já mandaram me pedir!

Com certeza o dono paga
na hora em que eu for sair.
E mesmo que nada paguem,
Deus há de tudo suprir.
Por enquanto, estamos vivos:
então está tudo bem.
Trabalhar, cansa e dói muito,
coisa que não me convém.
Se a Fortuna nos quiser,
de qualquer modo ela vem!
E sabe do que mais? Deixe dessa conversa,
que eu já estou ficando com o juízo aperreado!
Ô mulher, traz meu lençol,
que eu estou no banco, deitado!

Deita-se e adormece.

NEVINHA

Meu Deus! Que vida, esta nossa!
Será que tenho razão
ao me conformar com tudo
e obedecer a Simão?
Sofro, não só da pobreza,
mas também na consciência:
pra ser boa pro marido
estou sendo ruim para os filhos
que padecem na inocência!

Entra em casa, chorando. Aparecem QUEBRAPEDRA e FEDEGOSO, vestidos de Vaqueiros e puxando ANDREZA, que vem andando de quatro pés e disfarçada de Cabra, com máscara e chifres.

FEDEGOSO

    Ah, cabra dos seiscentos diabos!
    É possível que ninguém queira uma cabra?
    Tenho que viajar depressa,
    a cabra está atrapalhando
    e eu não acho uma pessoa
    que queira ficar com ela!
    Não há ninguém nesta praça?

QUEBRAPEDRA

    Quem quer uma cabra? É dada de graça!
    Cabrinha boa, leiteira,
    cabriteira, bodeira,
    é uma cabra de primeira!

FEDEGOSO

    Alguém tem um pobre para ajudar?
    Uma família com fome? Um homem pra auxiliar?
    Esta é a hora! Quem quer uma cabra
    que não pode viajar?

SIMÃO PEDRO aparece, meio desconfiado. Os dois põem-se de costas.

SIMÃO PEDRO

> Amigo, ouvi você gritar!
> Que história é essa? Aqui já se dá cabra?
> Dá pra desconfiar!

QUEBRAPEDRA

> É pra pegar ou largar!
> Estamos de viagem, apareceram uns problemas,
> e a cabra está atrapalhando!
> Queríamos dá-la a alguém,
> mas só a quem estiver precisando!
> Se o senhor conhece alguém
> que esteja passando necessidade,
> faça o favor de lhe dar essa cabra!
> Tome, tenha a bondade!

SIMÃO PEDRO

> Mas por que estão de costas?
> Estão desconfiando de mim?

FEDEGOSO

> Deixe de perguntas!
> Se quiser a cabra, diga logo:
> meus negócios são assim!
> Não estamos obrigados a explicar
> nossos modos a ninguém!

SIMÃO PEDRO

> Está bem, calma! Está bem!

QUEBRAPEDRA

    O senhor conhece alguém
    em condições de ficar com a cabra?
    Alguém que esteja passando fome
    e passando precisão?

SIMÃO PEDRO

    Conheço! É um homem que mora aí,
    chamado Joaquim Simão!

QUEBRAPEDRA

    Pois, então, lhe dê a cabra!

SIMÃO PEDRO

    Esperem, que vou chamá-lo.

FEDEGOSO

    Não! Temos pressa!

QUEBRAPEDRA

    Olhe o galo!

FEDEGOSO

    Co-coró-cocó!

Saem correndo e rindo zombeteiramente.

SIMÃO PEDRO

    Que quererá dizer isso? Que gente mais esquisita!
    O ruim, nisso tudo, é que quando agimos por conta
                                 [própria
    perdemos alguma coisa das nossas faculdades!

Será que esses dois Vaqueiros têm parte com o Cão?
Cuidado, velho Simão!
Ficaram de costas pro meu lado o tempo todo!
E essa cabra? Será que tem parte com o Diabo?
Vou fazer uma cruz, de repente:
se ela estoura, eu desabo!
Cruz!

ANDREZA levanta uma mão bem à vista do público e coloca o dedo médio por cima do indicador, "isolando".

ANDREZA *(Baixo.)*
Isola!
SIMÃO PEDRO
Nada! Vou fazer outra tentativa:
Cruz! Nada! É tolice não aproveitar!
Vou me disfarçar de tangerino
e dar a cabra à mulher de Simão!
Assim, de uma vez só,
ajudo o Poeta a sair da miséria
promovendo o casal para uma pobreza honrada,
e ajudo a mulher dele a não ser tentada
pela riqueza desse miserável
que quer vê-la desonrada!
Cuidado, Simão!
Mas, mesmo que tenha sido coisa do Cão,

o que esse besta não sabe
é que, acima de mim, existe uma Judia,
uma Virgem, uma Mulher,
e acima dela existe Deus, que pode
se aproveitar até do Cão, quando quer!

Bota um chapéu de couro e um paletó de mescla azul e começa a cantar, aboiando.

Simão Pedro

Eu me chamo Simão Pedro,
minha vida é viajar,
tangendo meus bois e bodes,
sempre de cá para lá!
Quando corro atrás de um bicho
é, mesmo, pra derrubar!
Ê, luar mansinho!
Ê-boi, fasta boi!
Ê-boi, ê-ôi!

Nevijuha aparece à porta.

Nevijuha

Quem está aí, cantando?

Simão Pedro

Dona, aqui na sua porta
eu ia agora passando,

tangendo um bando de cabras,
tirando verso e aboiando,
quando avistei a senhora,
dentro de casa, chorando!
Eu estou penalizado
com a pobreza que vejo
aqui, nesta moradia!
Tome esta cabra leiteira:
é a melhor com que eu ia!
Trate dela com cuidado
que ela há de lhe servir muito:
a senhora terá leite
pra família, todo dia!

NEVINHA

Mas meu senhor, que bondade!
Ah, moço, muito obrigada!
Acorde, Joaquim Simão!
Meu Deus, que sono horroroso!
Acorde, Simão, meu filho!
A gente ganhou uma cabra!

SIMÃO *(Acordando imediatamente.)*

Hã? Quem foi esse caridoso?

NEVINHA

Foi aqui o tangerino,
homem decente e bondoso!

SIMÃO

>Então, mulher, uma cabra, hein?
>O que era que eu lhe dizia?
>Meu senhor, muito obrigado!
>Pode me dizer seu nome?

SIMÃO PEDRO

>Simão Pedro, seu criado!

SIMÃO

>Não diga! Somos xarapas!
>Ou melhor, quase xarapas!
>Com isso está explicado!
>Você, meu caro, é meu chapa!
>Meu nome é Joaquim Simão!

SIMÃO PEDRO

>Muito prazer!

SIMÃO

>Ô Seu Simão, não repare não,
>mas eu tenho uma mania
>de descobrir parecenças
>entre as pessoas e os bichos!
>O senhor parece um touro,
>mas desses bons de mourão.
>Meio teimoso e durão,
>é capaz de dar pontada
>num momento de paixão!
>Mas, por dentro mesmo,

é manso, bom, descuidado
e não muito inteligente!
Estou certo ou estou errado?

SIMÃO PEDRO

Joaquim Simão, deixe de intimidade,
que você não sabe com quem está falando!

SIMÃO

Que é isso, meu chapa, está zangado?
Não me diga que o senhor
é primo da rapariga do Cabo!
Deixe de bancar o brabo
que eu sei que o senhor não ficou
nem um pouquinho incomodado!
O senhor se chama Simão: eu também,
e, por isso, sei que todo Simão é confiado!
É ou não é?

Bate na barriga de SIMÃO PEDRO.

SIMÃO PEDRO

Homem, é capaz de ser mesmo!
Bem, eu já lhe dei a cabra:
agora, arranje-se,
que eu vou seguir minha viagem!

SIMÃO

Muito obrigado! Sua visita
me deu alegria e coragem!

Simão Pedro sai. Joaquim Simão se deita no banco, puxando o chapéu para os olhos.

Neviúha

    Mas Simão, pelo amor de Deus!
    Você vai se deitar de novo?

Simão

    Oxente! E agora,
    só porque eu tenho uma cabra,
    vou passar o resto da vida em pé, é?
    Estou muito satisfeito,
    agradecido e contente.
    Mas vou dizer uma coisa:
    só pra tomar conta dela,
    esse diabo dessa cabra
    vai dar é trabalho à gente!

Neviúha vai levar a cabra para casa.

    Não! Deixe essa peste aqui fora!
    A cabra, criada em casa,
    vai é nos atrapalhar!
    Deixe esse diabo por cá,
    que aparece já negócio
    pra se vender ou trocar!
    Em negócio é que eu sou bom!
    A gente vai enricar!

Nevinha

>É mesmo? Então, está bem!
>Mas, meu velho, seja duro!
>Você é mole demais!
>A dona da cabra é esta:
>ela é minha e dos meninos!
>Veja que negócios faz!

Entra em casa, contente.

Simão

>Está tudo muito bem,
>estou muito esperançado.
>Mas, enquanto não aparece negócio,
>*ô mulher, traz meu lençol,*
>*que eu estou no banco, deitado!*

Deita-se no banco e adormece.

Andreza *(Pondo-se em pé.)*

>Bé-é-é! Puf, puf!
>Sangue, sapo, cobra e fel!
>Treva, desgraça, morcego!
>Pus em cima do teu mel!
>Perdeu-se Joaquim Simão!
>Ai, que lá vem São Miguel!

Disfarça, e começa a pastar calmamente. Entra SÃO MIGUEL, *com um peru.*

MIGUEL ARCANJO

Então, era esse, o plano de São Pedro!
O ruim é que, por conta própria,
nem eu entendo, nem ele entende!
O acordo está desrespeitado!
E, se o que Joaquim Simão quer é negociar,
vamos ver o que ele consegue
com as trocas que pretende!

Bota um chapéu de palha, tira a balança da maleta, empunhando-a, após o que faz uma falsa entrada, puxando o peru por um cordão e falando alto.

MIGUEL ARCANJO

Chega, chega, peru cego,
chega, velho camarada!
Peru de quase cem anos,
da barriga esculachada!
Ei! Ei!

SIMÃO *(Acordando.)*

Amigo, é seu o peru?
Eu tenho, aqui, essa cabra:
vamos dar uma trocada?

MIGUEL ARCANJO

>Conforme! Como é o negócio?
>Qual a sua condição?

SIMÃO

>A cabra pelo peru:
>uma mão lava a outra mão!
>Leve a cabra e dê-me o bicho,
>que está feita a transação!

MIGUEL ARCANJO

>Pra mim, é bom: eu aceito!
>Mas sou um homem decente:
>o peru é velho e cego,
>é um pobre penitente;
>pode morrer neste instante,
>pois tem o bucho doente!

SIMÃO

>Eu gostei da cara dele, o que é que há?
>Simpatizei com o rapaz!
>Leve a cabra e dê-me o bicho:
>não venha discutir mais!
>Não bote defeito nele:
>é um favor que me faz!

MIGUEL ARCANJO

>Bem, se seu caso é de estima,
>não diga que lhe enganei!

SIMÃO

O mesmo faça você,
porque, pra mim, eu lucrei!
Fique aí, meu peruzinho!

Deita-se e adormece. SÃO MIGUEL amarra um lenço vermelho sob o queixo, como quem está com dor de dente. Cobre a cabeça com um chapéu do chile, arregaça a perna da calça, vai ao limiar e volta de lá com um galo.

MIGUEL ARCANJO

Ei!

SIMÃO *(Acordando.)*

Olhe um homem com um galo!
Meu senhor do galo! Ei!

MIGUEL ARCANJO

Que é que há?

SIMÃO

Vamos trocar
meu peru por esse galo?
Mas, sou um homem direito
e quero, logo, avisá-lo:
o peru é velho e cego
e morre ao primeiro abalo!

MIGUEL ARCANJO

Já que o senhor foi decente,
quero avisá-lo também!

Este é um galo de briga,
nem força mais ele tem:
perdeu na rinha, vai mal,
não vale mais um vintém.
A carne é pisada e dura,
não serve para ninguém.
O dono me deu o galo,
e eu, por delicadeza,
lhe disse que estava bem.
Agora, diga o que eu volto
na troca pelo peru,
que eu vejo se me convém.

SIMÃO

É o galo pelo peru:
o senhor não volta nada,
que não seria direito!
O galo ainda está vivo:
eu dou-lhe um banho e uns tratos,
boto na rinha, ele vence!
Vou ganhar tanto dinheiro!
Dou o peru pelo galo:
se quiser, diga, está feito!

MIGUEL ARCANJO

Eu quero e fico contente!

SIMÃO

Eu também estou satisfeito!
Oxente, é um galo arretado!

Ô mulher, traz meu lençol,
que eu estou no banco, deitado!

Adormece. MIGUEL bota uma barba branca, veste um camisolão por cima da roupa, ficando parecido com um peregrino ou romeiro. Vai ao limiar da cena e volta de lá com um coelho.

MIGUEL ARCANJO
Ei! Acorde, Joaquim Simão!

SIMÃO
Olhe um homem com um coelho!
Vale a pena perguntar:
esse coelho é pra negócio?

MIGUEL ARCANJO
É pra vender ou trocar!
Se tem alguma proposta,
me faça e vamos pensar!

SIMÃO
Dou meu galo por seu coelho.
Mas aviso, meu senhor:
é um galo aposentado,
já velho, já sem valor,
que, agora, de galo, mesmo,
só tem mesmo aquele tico:
do lado de cá, o bico,
do outro lado, o fedor!

Miguel Arcanjo

>Mesmo assim, gosto da carne:
>cozida, é bom de comer!
>Quanto devo lhe voltar?
>Faz favor de me dizer?

Simão

>Você não me volta nada!
>Vou, lá, enganar você!

Miguel Arcanjo

>Se é assim, faço o negócio:
>não diga que lhe enganei!

Simão

>O mesmo faça você,
>que eu satisfeito fiquei!
>Que coelhinho mais simpático!
>Ele é pedrês ou malhado?
>*Ô mulher, traz meu lençol,*
>*que eu estou no banco, deitado!*

Adormece. Miguel tira o camisolão e a barba branca, veste um sobretudo negro e põe na cabeça uma bacora preta, ficando parecido com a figura convencional do judeu. Vai ao limiar e volta de lá com um pacote.

Miguel Arcanjo

>Acorde, Joaquim Simão!

SIMÃO

Um homem com um pacote!
Meu senhor do pacote! Ei!
Onde vai, com tanta pressa?
Venha cá, concidadão!
Me mostre aqui o pacote
que carrega em sua mão!
E me diga: esse pacote
se troca num coelho, ou não?

MIGUEL ARCANJO

Meu amigo, esse pacote
é somente um pão francês
que eu comprei, agora mesmo,
na venda de um Português!
Mas, se o senhor quer trocar,
aproveite, que é a vez!
Me diga, lá, o negócio
que é para eu ver como é!

SIMÃO

Dou meu coelho pelo pão
que é um símbolo da Fé!
Nos Salmos, Deus declarou
pela boca de Davi:
"Eu vos alimentarei com a flor do trigo
e com o mel do rochedo."
Refere-se ao pão e ao vinho,

bebida divina e forte,
com o pão sagrado da Fé!
E, além disso, um pão é bom
pra se tomar com café!

Miguel Arcanjo

Eu não engano ninguém!

Simão

Nem eu também, camarada!

Miguel Arcanjo

Um pão é pouco, pra dar
num coelho sem voltar nada!
Tome um pão e mais um conto:
fica a troca equilibrada!

Simão

Não fui eu que lhe pedi:
o senhor deu porque quis!
Pra mim, já bastava o pão:
fiz um negócio feliz!
Eu enxergo umas dez léguas
adiante do meu nariz!
Meu senhor, muito obrigado!
*Ô mulher, traz meu lençol,
que eu estou no banco, deitado!*

Adormece. Miguel tira os disfarces. Entra Simão Pedro, sem que ele o veja, e fica por trás. Manuel

Carpinteiro entra, também sem ser visto, e fica por trás dos dois.

MIGUEL ARCANJO

    Agora, quero ver como é que São Pedro sai dessa:
    o protegido dele pegou a sorte e largou!

SIMÃO PEDRO

    Muito bem!
    Desrespeitando o acordo
    feito com Nosso Senhor,
    hein?

MIGUEL ARCANJO

    E você? Também não desrespeitou?

SIMÃO PEDRO

    Eu, sou apenas um Santo,
    sou um simples pescador!
    Mas você! Um Anjo!
    Mais do que isso: um Arcanjo!

MANUEL CARPINTEIRO

    Um-rum, um-rum!

SIMÃO PEDRO

    Ai meu Deus! Nosso Senhor!

MANUEL CARPINTEIRO

    Vocês parecem dois meninos!
    Mas não tem importância! Eu deixei
    porque era isso, mesmo, o que eu queria!

Foi isso que planejei!
De outra vez, tenham cuidado!

MIGUEL ARCANJO

Então, o que é que se faz?

MANUEL CARPINTEIRO

A história vai caminhar.
Vamos ficar escondidos
pra, depois, moralizar!
Mas, para isso, é preciso
que você, Miguel Arcanjo,
represente aí, por mímica,
com Aderaldo presente,
a última dessas trocas
que você fez com Simão!

MANUEL CARPINTEIRO e SIMÃO PEDRO ficam à parte. Entra ADERALDO CATACÃO. MIGUEL ARCANJO e JOAQUIM SIMÃO representam, por mímica, a última troca. Saem todos, menos ADERALDO e JOAQUIM SIMÃO.

ADERALDO

Lá está Joaquim Simão!
Ele não me pressentiu!
Ou, então, virou as costas,
fingindo que não me viu!

Um homem falou com ele,
fez uma troca e saiu.
Eu vou lá! Joaquim Simão!
Gosta de troca também?
Você sabe: eu negocio
e entendo disso, bem!
Que é que inda tem pra trocar?

SIMÃO

Aqui, nada mais se tem!
Eu estava com uma cabra
que minha mulher ganhou.
Fiz, porém, quatro negócios
e o que eu tinha se acabou;
tenho um pão e mais um conto:
foi tudo quanto sobrou!
Eu troquei, primeiro, a cabra
num peru, com um freguês.
Dei o peru por um galo
e este num coelho pedrês.
Me deram por esse coelho
este conto e o pão francês!

ADERALDO

Veja quanta diferença
há de você para mim!
Se eu fosse, como você,
magro, feio e pobretão,

e se, lá um dia, visse,
por astúcia de algum Cão,
uma cabra que viesse
parar nesta minha mão...
Ora, não tinha conversa:
mudava a sorte, depressa!
Você não viu como foi?
O ladrão me roubou tudo,
eu fiquei quase sem nada!
Fui lutando e me aprumando:
já tenho dinheiro em caixa!
Olhe: só aqui tenho isso tudo!
E você? Será assim?
Acho que não!
Você é burro, Simão!
Você é besta, Joaquim!
E espere mais uma coisa:
sua mulher vai achar ruim,
porque você pegou, hoje,
a cabra dela e deu fim!

SIMÃO

Ah, isso não! Isso nunca!
Na minha negra eu confio!

ADERALDO

Pois eu já sou diferente:
até de Deus desconfio!

Isto é, caso ele exista,
coisa na qual não me fio!
Todo mundo tem seu preço:
o interesse, é a Lei eterna!
É quem dirige a cabeça,
a barriga, o peito e a perna!
A ambição é quem comanda!
A cobiça é quem governa!

SIMÃO

Mas que coisa, Seu Aderaldo!
Então é assim que o senhor é, hein?
É assim que as pessoas vão mostrando quem são!
É assim que os ricos são por dentro, hein?
Eu vivia achando que o senhor
tinha alguma coisa de peru,
de jumento ladrão, guará, raposa e timbu.
Eu dizia isso brincando,
mas agora já sei porque é!
Então, o senhor até de Deus desconfia!
É muita ruindade e falta de fé!
Que agonia não deve haver na sua cabeça,
hein, Seu Aderaldo Catacão?
Pois saiba que suas leis podem dar certo
com gente de sua laia, com minha mulher, não!

ADERALDO

Você, tendo dado prejuízo a ela?
Ah, vai ouvir reclamação!

SIMÃO

Vou nada! Tudo o que faço,
pra Nevinha, está bem feito!

ADERALDO

Pois vou lhe propor um negócio,
e fazer uma confissão!
Vou lhe confessar, Simão:
sou louco por sua mulher!

SIMÃO

O quê, Seu Aderaldo? É?
Não diga! Pois comigo é o contrário:
sua mulher é louca por mim!

ADERALDO

Eu sei! Pensa que me importo?
Dou a minha pela sua! Você quer trocar?

SIMÃO

O senhor vá se lascar!
Não é besta não?
Pra me encher de troca ruim,
o que eu fiz hoje já dá!

ADERALDO

Você não confia na sua mulher?

SIMÃO

Confio!

ADERALDO

Você não disse que nem as leis do interesse
governam Dona Nevinha?

SIMÃO

>Disse!

ADERALDO

>Ela gosta de você, de verdade?

SIMÃO

>Gosta!

ADERALDO

>Você arrisca a confiança
>e o amor dela numa aposta?

SIMÃO

>Arrisco! Arrisco tudo!
>Mas uma aposta dessa eu só faço com testemunhas!

Entram SIMÃO PEDRO e MIGUEL ARCANJO.

ADERALDO

>Vêm chegando, aí, dois homens
>que podem servir pra isso.
>Ei! Vocês dois, aí!
>Querem vir cá, por favor?
>Queríamos que vocês
>servissem de testemunhas
>numa aposta entre nós dois!

SIMÃO PEDRO

>Pois não! Qual é a aposta?

ADERALDO

Esse sujeito pegou hoje, aqui,
uma cabra que a mulher dele ganhou,
e tantos negócios fez que quase tudo acabou.
Tem ele agora, somente, um pão e um conto de réis.
Eu digo que a mulher dele reclama
as trocas, ele acha que não!
A aposta é a seguinte,
escutem vocês, e você também, Simão!
Você chama sua mulher aqui.
Ela pergunta pela cabra: então você
diz a ela todas as trocas,
sem desculpar os negócios que fez,
dizendo os defeitos dos bichos que recebeu,
tudo isso sem usar nem uma enrolada!
Se ela concordar com tudo
e não reclamar nada,
perco este dinheiro todo para você!
Se ela reclamar, você perde o pão,
perde a nota de um conto de réis, se eu quiser,
e, para completar tudo, perde também a mulher!

SIMÃO

Como é que eu posso perder
minha mulher, que não sei?

ADERALDO

Você junta o que possui
e dana-se daqui! Entope no oco do mundo

e abandona sua casa!
Basta isso, nada mais!
O resto é por minha conta!
Você topa?

SIMÃO

Topo!

ADERALDO

Pois vamos lá, sem demora!
Tudo isto pelo pão, pelo conto
e por sua mulher! Caso a aposta agora!
Se sua mulher não reclamar,
você recebe tudo isto na mesma hora!

SIMÃO

Aceito, Seu Aderaldo!
Vamos a aposta casar!
Na mão dessas testemunhas,
o bolão depositar!
E, para decidir tudo,
minha mulher vou chamar!

SIMÃO PEDRO

Me dê aqui o dinheiro!

MIGUEL ARCANJO *(Para SIMÃO.)*

O pão e o conto de réis!

SIMÃO

Eu chamo minha mulher,
que vem na ponta dos pés!

Lá chegou ela, na porta,
com a cara iluminada!
Foi só porque me avistou
de lá da porta da entrada!
Minha mulher, venha cá!

MIGUEL ARCANJO

Coitada!

SIMÃO PEDRO

Por que coitada?
Inda não sucedeu nada!

Entra NEVINHA.

NEVINHA

Meu filho, cadê a cabra?
Alguém comprou? Já vendeu?
Fez bom negócio, Simão?
Você lucrou ou perdeu?

SIMÃO

Minha filha, escute bem:
vou contar o que se deu!
Eu estava com a cabra,
dormindo ali, à vontade.
Aí, passou um sujeito,
com um peru velho, de idade:
troquei a cabra por ele,
pois achei facilidade!

NEVINHA

    Foi boa troca, Simão!
    Um peru serve demais!
    Quando chegar o Natal,
    um bom assado se faz!
    Onde é que está o peru?
    Quando é que o homem traz?

SIMÃO

    Espere aí! O peru
    é bicho meio maldito!
    Não me lembrei disso logo!
    Aí chegou outro homem
    com um galo, desses de briga,
    apanhado e não bonito!
    Dei o peru pelo galo,
    que é animal mais bendito!

NEVINHA

    Fez muito certo, Simão!
    Galo é bicho abençoado,
    clarim de Nossa Senhora!
    Canta assim: "Cristo nasceu!"
    e vai nos trazer melhora,
    com essa frase abençoada
    madrugando a toda hora!
    Por que não me trouxe, logo,
    nosso galo, para eu ver?
    Onde é que está esse galo?

SIMÃO

>Espere, que eu vou dizer
>em que resultou o galo,
>pra você tudo saber!
>Esse, era um galo de briga,
>caboclo e meio vermelho.
>Um dos olhos, era cego,
>mas o outro era um espelho:
>a luz batia e luzia!
>Passou, aqui, outro homem:
>dei o galo por um coelho!

NEVINHA

>Fez muito bem! Um coelhinho
>alegra qualquer criança!
>É criatura engraçada,
>tem a natureza mansa!
>E, se houver necessidade,
>vai encher a nossa pança!
>Quando é que ele traz o coelho?

ADERALDO

>Agora, Simão se lasca!
>Racha a testa e quebra o pé!

SIMÃO

>Escute, minha mulher!
>Fiquei com o coelho, entretido,
>pensando... Quando dei fé,

vinha um homem com um pão!
Dei o coelho pelo pão,
pra se comer no café!

Nevinha

De todas, foi esta troca
a melhor que você fez!
Os filhos estão com fome
e, sendo assim, é a vez:
vai já tudo encher o bucho
de café com pão francês!
Se trouxe o pão, me dê logo,
que eu vou fazer o café!

Simão

Está vendo, Seu Aderaldo?
A aposta está de pé!
E o senhor, agora, viu
o que é uma mulher!
Mulher, e não besta-fera!
Aquilo que o senhor tem em casa,
não é mulher não, é megera!
Me dê o dinheiro, aí!

Aderaldo

O quê, seu atrevido?
Já que você está me insultando,
eu não pago esse dinheiro!

Simão Pedro

>Ah, paga, meu camarada!
>A aposta foi casada,
>o dinheiro está comigo
>e a minha mão é honrada!

Simão

>Veja lá, e agora aprenda
>o que é mulher bem casada!

Aderaldo

>O Diabo queime essa peste,
>leve essa besta danada!
>Perdi somente por causa
>dessa guenza escanzinada!
>Tem gente de todo tipo
>nesta terra desgraçada!
>Se o mundo é desse jeito,
>vou me trancar para sempre!
>Que o Cão te enfie uma figa!
>Que a Morte corte teu couro
>e Satanás te persiga!

Simão

>Calma, lá, Seu Aderaldo!
>Se quer outra aposta, diga!

Sai Aderaldo, depois de lhe dar uma banana.

NEVINHA

    Está muito bem, seu peste!

    Mas agora venha cá, seu sangue de pamonha!

    Vocação de corno!

    Você me arriscou na roleta,

    hein, seu cabra sem-vergonha?

SIMÃO

    Que é isso, Nevinha? Que doidice nova é essa?

NEVINHA

    Doidice o quê, seu velhaco?

    Você pensa que eu não ouvi não, foi?

    Eu vi tudo, dali, pelo buraco da fechadura!

    Pensa que eu não vigio você não, é?

    Desde que Dona Clarabela futucou você

    que eu venho de olho em cima de você, viu?

    Sim, porque aquela cachorra catucou você!

    Nem se meta a negar!

    Ouvi você dizer a Seu Aderaldo

    que ela gostava de você!

    Ouvi você mesmo confessar!

SIMÃO

    Bem, se você ouviu eu dizer isso,

    ouviu também aquele corno

    me oferecer trocar você por ela

    e eu recusar!

NEVINHA

E não recusasse não, pra ver uma coisa!
Era o que faltava!
Era só o que me faltava: meu marido
me trocar por uma cachorra!
E aqui, na minha casa, no meu terreiro!
Minha Nossa Senhora, como sou infeliz!
Meu marido me arriscou por dinheiro!

SIMÃO

Nevinha, eu arrisquei porque tinha confiança
e sabia que ia dar certo!

NEVINHA

Ia dar certo por quê?
Como é que você garantia?
Podia, bem, ter dado errado,
bem que podia!
Deu certo, porque eu ouvi!
Avalie se eu não tenho escutado!
A essa hora, estava aqui,
largada nas unhas de Seu Aderaldo!

SIMÃO

Você seria capaz de ficar com ele?

NEVINHA

Sei lá! De que é que não é capaz
uma mulher abandonada?

SIMÃO

　　Está vendo? E ainda diz que gosta de mim!
　　Gostar de você sou eu, que estava disposto
　　a defender você dele, até morrendo!

NEVINHA

　　Você?

SIMÃO

　　Sim! Eu estava armado, está vendo?
　　Tinha um revólver comigo!
　　Caso eu perdesse a aposta,
　　Seu Aderaldo teria
　　o castigo merecido!

NEVINHA

　　Simão!

SIMÃO *(Botando banca.)*

　　Não! Agora, não adianta!
　　Você não confia em mim
　　como eu confio em você!

NEVINHA

　　Deixa de besteira, Simão!
　　E eu não tinha tomado
　　minhas providências, também?
　　Quando eu ouvi a aposta,
　　trouxe comigo esse pau
　　e trouxe um punhal, meu bem!
　　Se você me abandonasse...

SIMÃO

    Você metia em Seu Aderaldo...

NEVINHA

    O punhal!

    E em você, metia o pau!

    Está vendo como é?

SIMÃO *(Abraçando-a.)*

    Nevinha!

NEVINHA

    Simão!

Saem, abraçados. Entra **MANUEL CARPINTEIRO**.

SIMÃO PEDRO

    Então?

MIGUEL ARCANJO

    É! Saiu tudo mais ou menos!

MANUEL CARPINTEIRO

    Só tem, agora, um perigo:

    Simão vai mudar de vida!

    Venceu a miséria, o que é bom,

    e é o sonho da pobreza.

    Se ficar nisso, vai bem

    e há de ganhar a partida!

    Mas se deixar-se vencer

    pelo espírito da riqueza,

    está com ela perdida!

SIMÃO PEDRO

>O que é depois, vem depois!
>Por enquanto, ele vai bem!
>Seu defeito é a preguiça,
>mas escute o que eu dizia:
>é o ócio criador,
>o ócio da Poesia!
>E ele tem uma qualidade:
>nunca lhe falta esperança,
>nem fé, nem honestidade!
>É amigo da mulher
>e incapaz de maldade!

MIGUEL ARCANJO

>Mas, com toda essa bondade,
>fez uma aposta safada!

SIMÃO PEDRO

>Se ele saiu-se bem dela
>é coisa a ser desculpada!

MIGUEL ARCANJO

>Vejamos então por onde
>segue ele agora a jornada!

SIMÃO PEDRO

>Agora, daqui por diante,
>Joaquim Simão vai em frente!
>Diante dele não acha
>uma porta que não abra!

Compra um pedaço de terra
com uma porteira alinhada,
com uma placa e um letreiro:
"Fazenda Homem da Cabra"!

Miguel Arcanjo

Que a gente nunca blasfeme
e tente fazer o bem.
Queira só o necessário,
dê, quem tem, a quem não tem,
que a luz do Deus de nós todos
abraça a todos, também!

Manuel Carpinteiro

Quando aqui se fala em bens
não é somente em dinheiro.
Eu penso é nos dons de Deus,
fortes, puros, verdadeiros.
Sobre o sangrento do mundo,
todo o cantar da alegria,
tendo o Sol como roteiro!

Simão Pedro

O pobre tem o direito
de lutar, pra melhorar!
Dinheiro é bom! Não demais!
Sobretudo não se pode
somente nisso pensar!
Quem encontre a Sorte faça

por onde ser dono dela,
sem a ela se curvar!
Nosso Povo não se esquece:
"A quem muito se agacha,
o fiofó lhe aparece."

OS TRÊS

Dinheiro tem sua treva,
pobreza tem sua luz.
A miséria é quem desgraça
pois à morte e ao mal conduz.
Vive-se à solta no mundo,
mas o Sol do mundo é Deus,
sangue e sol em sua Cruz!

FIM DO SEGUNDO ATO.

Terceiro Ato
O Rico Avarento

Mesmo cenário dos atos anteriores. Entram MANUEL CARPINTEIRO, MIGUEL ARCANJO *e* SIMÃO PEDRO.

MANUEL CARPINTEIRO
>Os cavalheiros e damas que estão nos ouvindo,
>não deixarão, na certa, de comprar um produto
>que é vendido em benefício deles, não no nosso!

MIGUEL ARCANJO
>Não digo, cavalheiros e senhoras,
>que nada aproveitemos nós com isso!
>Não, de modo nenhum! Mas a maior vantagem
>é para quem nos ouve e que nos segue!

SIMÃO PEDRO
>E digamos agora que perguntem:
>"Por que esses três loucos fazem isso?"
>Pois a resposta é fácil: porque Deus disse
>"Ganharás o pão com o suor do teu rosto!"

Aqui, unindo o gesto à palavra, SIMÃO PEDRO *passa o dedo na testa, como se a estivesse limpando de um abundante suor, que atira, depois, no chão.*

>Assim, do mesmo modo que os senhores
>ganham as suas vidas, uns vendendo automóveis,
>outros subindo os preços, roubando galinhas,
>vendendo máquinas que logo se quebram,

vendendo seguros inseguros e terrenos imponderáveis,
emprestando a juros impagáveis,
nós ganhamos a nossa vendendo este produto!

Manuel Carpinteiro

E, agora, devo dizer
que, contrariando um pouco
o plano aqui de Simão,
eu tratei de empobrecer
de novo a Joaquim Simão.
A "Fazenda Homem da Cabra"
começou a prosperar.
Como os poetas são, sempre,
gente inclinada à luxúria,
a primeira coisa que ele
inventou de praticar,
depois que achou o seu poço,
foi enganar a mulher!
Não é preciso dizer
quem foi a feliz mortal
que mereceu a fortuna
de roer aquele osso!

Miguel Arcanjo

O pior, é que Simão
foi-se deixando possuir
pelo espírito da riqueza.

Foi ficando parecido
com Aderaldo Catacão!

SIMÃO PEDRO

Foi preciso apertar Joaquim Simão!
Seus carneiros e cabras dispersaram-se,
a seca dizimou seu algodão.
Pela falta de pasto e de forragem,
seu gado se acabou pelo Sertão!
E as reses — muito poucas — que escaparam
se acabaram, por cobra, ou no mourão!

MANUEL CARPINTEIRO

Hipotecou a fazenda!
No dia do pagamento
ele não tinha o dinheiro
e Catacão a tomou!
Isso lhe foi salutar:
deixou a amante de lado,
a mulher o perdoou,
ele voltou à Igreja,
à segurança da Casa
que o Cristo — que eu represento —
fundou para todos nós!

MIGUEL ARCANJO

Está mais pobre do que antes
e vem aí, com a mulher:
vêm como dois retirantes!

Simão Pedro

> Vem, suprema humilhação,
> pedir trabalho e comida
> a seu rival e inimigo
> Aderaldo Catacão!

Manuel Carpinteiro

> Confia em que o rico não negará o solicitado,
> nem que seja, talvez, pela alegria maligna
> de achá-lo, assim, derrotado!
> Aqui ficamos! Voltaremos já,
> entrando, desta vez, como mendigos disfarçados!
> E, no fim, passaremos o nosso produto,
> com uma conversa assim desagradável,
> mas, no trato das coisas deste mundo,
> também infelizmente indispensável:
> é o preço do produto! Atenção! Preparar!
> Luz! Começar!

Desaparecem. Entram Simão e Nevinha, esfarrapados, com sacos de viagem às costas.

Simão

> Chegamos à chamada "terra amada"!
> Eita, vida velha desmantelada!
> Quantos anos, hein, Nevinha?

NEVINHA

    É verdade! Quantos anos!
    E, também, quantos sofrimentos,
    quantos desenganos!

SIMÃO

    Você está triste, meio sem coragem...
    Será que ainda não me perdoou?

NEVINHA

    Perdoei, Simão! Sofri muito,
    mas tudo isso já passou!

SIMÃO

    Vamos bater! Seu Aderaldo
    certamente não está! Com a mania do trabalho,
    a essa hora deve estar pegado!
    Mas a tal da Dona Clarabela
    na certa está em casa,
    e eu pretendo me valer é dela!
    Agora, Nevinha, se eu lhe disser uma coisa,
    você não se zanga não?

NEVINHA

    Não!

SIMÃO

    Nem chora?

NEVINHA

    Não, Simão!

Simão

Pois eu queria lhe pedir
para você se esconder!
Essa tal de Dona Clarabela
nunca suportou você!
Por outro lado,
depois do que você me contou de Seu Aderaldo,
eu não quero expor você
às safadezas daquele corno safado!
Nossa velha casa está abandonada:
você fica por aqui, escondida!
Se eu notar que o negócio tem vantagem,
aí chamo você! Se não, trabalho hoje,
para arranjar comida e algum dinheiro,
e depois a gente segue viagem.
Está bem?

Nevinha

Está! Agora, Simão, eu lhe digo uma coisa:
estou de olho aberto em cima de você, viu?
Se aquela mulher começar, de novo,
com chamego pra seu lado,
eu saio daqui e brado!
Se eu visto saia, ela também veste saia!
Dou uma surra de pau naquela catraia!

SIMÃO

>Nevinha, deixa de besteirada,
>que não vai mais acontecer nada!
>Eu estou velho, e Dona Clarabela também!

NEVINHA

>Dona Clarabela não tem nada de velha,
>é uma mulher até enxuta,
>aquela... sem-vergonha!
>Nem você está velho!
>E mesmo que estivesse!
>Isso não quer dizer nada:
>safado também envelhece!
>Você continua o mesmo safado que era!

SIMÃO

>Mulher, não diga uma coisa dessa!
>Uma pessoa vai passando aí, ouve,
>com que má impressão não fica de mim?
>E de você também, tão mansa, tão boa,
>e se fazendo de braba, assim!
>Desse jeito, você me desmantela!
>Você não sabe que mulher, pra mim,
>só tem você?

NEVINHA *(Dando-lhe uma cotovelada.)*

>Isso é podre de ruim, mas eu sou louca por ele!

SIMÃO *(Imitando-a.)*

>Isso é podre de boa, e eu sou louco por ela!

NEVINHA

    Simão!

SIMÃO

    Nevinha! Bem,
    se esconda, que eu vou bater!

NEVINHA esconde-se em sua antiga casa e SIMÃO bate na porta de ADERALDO CATACÃO.

SIMÃO

    Ô de casa! Louvado seja
    Nosso Senhor Jesus Cristo!

CLARABELA *(Aparecendo, mas sem vê-lo logo.)*

    Quem terá sido? Vou botar os óculos,
    a vista está meio escura!
    Quem foi que bateu aqui,
    dizendo esta frase tão autêntica, tão pura?
    Deve ser algum remanescente medieval,
    inteiramente folclórico, sensacional,
    ainda capaz de bater nas portas
    com esta linda saudação anacrônica!
    Quem é esse puro, esse pajem, esse infanção?

SIMÃO

    Sou eu!

CLARABELA

    Eu, quem? Não diga! É Joaquim Simão!

SIMÃO

    Sou eu, Dona Clarabela!

    Aqui estou, de volta,

    depois de tantos anos de separação!

CLARABELA

    E sua mulher?

SIMÃO

    Ficou! Se as condições melhorarem,

    ficou combinado que eu mandaria buscá-la!

CLARABELA

    Meu caro Poeta, estou quase sem fala!

    Não me leve a mal, mas eu posso rir?

    Que condições são essas em que você me volta?

SIMÃO

    É, estou mais ou menos desgraçado!

    Perdi tudo o que tinha: seca no algodão,

    fome e cobra no gado,

    e, quando dei acordo de mim,

    tinha se acabado

    tudo aquilo que, como por milagre,

    eu tinha juntado!

CLARABELA

    E agora vem bater na minha porta,

    depois de me ter abandonado?

    Depois de ter interrompido,

    sem nenhuma razão plausível,

um caso de amor tão puro, tão autêntico
e tão bem iniciado?
Você pensa que é assim?
Pensa que o nosso amor vai começar de novo,
depois que você mesmo lhe deu fim?
Está muito enganado!
Saia daqui!
Não quero mais vê-lo!
O caminho é por ali!

SIMÃO *(Representando dramaticamente para que NEVINHA ouça.)*
Não, Dona Clarabela!
A senhora está enganada!
Não vim aqui reatar
a nossa ligação despedaçada!
Minha mulher me perdoou:
entendeu que tudo aquilo foi porque
eu estava com a cabeça transtornada,
por causa daquela riqueza
que me apareceu de repente
e que, agora, foi,
também de repente, liquidada!
De maneira nenhuma eu seria capaz
de vir aqui reatar
o que está acabado,
e que, morto e sepultado,
deve continuar!
Vim aqui, muito humildemente,

pedir um emprego a seu marido,
porque estou com fome,
sem trabalho, cansado e doente!

CLARABELA

O quê?
Um emprego para o Poeta?
Primeiro, não sei se fica bem!
Depois, não sei se Aderaldo...

SIMÃO

Ele não está, já sei!
Isso é hora de trabalho!
Trabalhador como sempre foi,
a essa hora ele deve estar pegado!

CLARABELA

Ah, não, Joaquim Simão,
Aderaldo está muito mudado!
Depois que viu você prosperar
mais ou menos e sem fazer força,
ficou tão ressentido e transtornado,
que resolveu tomar seu exemplo,
isso ao modo dele, é claro!
Vendeu tudo, juntou dinheiro,
passou a viver de juros
e tentou viver descansado!
Não conseguiu: já estava habituado
e começou a se sentir aposentado!

Pior: tornou-se tão avarento
que só você vendo!
Pra mim, ele está com o juízo perturbado!
Ele, que fazia questão de se mostrar rico,
que era tão largo com a casa,
tão generoso comigo, agora nem me liga!
Vive catando migalhas,
como um... Não sei nem como diga!
Como um herói de Balzac!
Não encontro melhor definição:
Aderaldo, agora, é um herói de Balzac!
Você já leu Balzac, Simão?

SIMÃO

Não!

CLARABELA

E Joyce? E Proust? E Maiakovski?

SIMÃO

Também não!

CLARABELA

Precisa ler! Principalmente Joyce e Maiakovski,
para saber o que é uma forma concreta de vanguarda
e um conteúdo de participação!
Mas está bem, Simão!
Vou falar com Aderaldo!
Pode ser que, pra você,
ele abra uma exceção!

Mas, não seria duro, para você,
passar a ser nosso empregado?

SIMÃO

É, será a grande vitória de Seu Aderaldo!
Mas é o jeito, Dona Clarabela!
Eu já estou lascado!

CLARABELA

Mas é que existe ainda outra dificuldade, Simão!
Você sabe: tratando-se de homens,
meu gênero sempre foi o gênero rústico!
Aderaldo tem a vida dele pelo lado de lá,
eu tenho a minha pelo lado de cá!
Como você rompeu comigo,
eu não tinha outro caminho,
não tinha para onde ir!
Aí, arranjei um Vaqueiro rústico,
para, com ele, me distrair!
Assim, não sei se não seria
pelo menos *chato*, para você,
em vista de nossas relações passadas...

SIMÃO

Elas estão realmente encerradas!
A senhora tem inteira liberdade, Dona Clarabela!
Eu não tenho nada com sua vida!

CLARABELA

Sim, mas para mim? Mas, para mim, meu senhor?
Você vai ser meu doméstico,

e, talvez, seja, de certo modo, constrangedor...
Mas, talvez não! É, talvez não!
Quem sabe? Talvez fosse até excitante!
Hein, Simão?
Ter, como doméstico e mordomo,
o poeta Joaquim Simão!
O Poeta, como um Rei destronado,
obrigado a assistir ao reinado
do seu novo sucessor!
Talvez seja até engraçado!
Se é que Aderaldo lhe dá o emprego
e você não vai se sentir humilhado!

SIMÃO

Eu tomo tudo isso como um castigo
de que estava precisado!

CLARABELA

Olhe o cristianismo dele!
Puro, masoquista e ultrapassado!
Pois fique! Está contratado!
Apesar de toda a avareza,
Aderaldo ainda gosta de mostrar
uns restos de grandeza!
Vou convencê-lo da vantagem
de mostrar que não decaímos totalmente
do esplendor passado,
quando tínhamos mordomo e grande criadagem!

Você, Simão, vai ficar como meu mordomo!
Entre! Lá dentro, tem uma roupa apropriada!
Você vai vesti-la e assumir suas funções!

SIMÃO

Mas Dona Clarabela...

CLARABELA

Que é?

SIMÃO *(Envergonhado, disfarçando.)*

Nada!

CLARABELA

Não, você ia dizendo qualquer coisa,
depois parou, e disfarçou!
O que é, Simão?

SIMÃO

Bem, vou passar mais essa humilhação!
É que eu estou com fome, Dona Clarabela!
Ainda hoje, não comi! Estou com uma fome arretada!

CLARABELA

Meu caro Simão!
Eu não lhe disse que a coisa, aqui, está mudada?
Aderaldo controla até a comida! Tudo ele aperta!
Só podemos comer na hora certa!
As únicas alegrias que ainda tenho
são as do amor! Ai! "Amor é um fogo
que arde sem se ver,

é ferida que dói e não se sente..."
Conhece isso? É de Camões!

SIMÃO

Camões? Conheço! Tem um folheto, de Cirilo,
chamado *As Perguntas do Rei e as Respostas de Camões*.
Me lembro de que tem um pedaço muito bom. O Rei
quer obrigar Camões a desenterrar, para ele,
um tesouro encantado e mal-assombrado
que existe num velho sobrado.
Camões promete ao Rei cumprir o encomendado.
E lá diz o folheto:
"Camões foi lá no sobrado
e um buraco cavou.
Depois, comprou uma jarra,
no mesmo canto enterrou.
Pegou a estercar dentro,
até que superlotou.
Quando a jarra estava cheia,
Camões cobriu, desta vez,
com cem moedas de ouro
e saiu com rapidez.
Foi convidar o Rei, mesmo
no dia em que fez um mês.
O Rei saiu com Camões,
sem fazer cara de choro.
Quando chegou lá no quarto

viu as moedas de ouro.
Disse a Camões: — Sempre eu quis
tomar um banho de ouro!
Pegou a jarra e amarrou
nos caibros lá do telhado.
Ficou bem debaixo dela,
bateu com um ferro pesado:
a jarra se abriu em duas,
foi merda pra todo lado!"

CLARABELA

O Camões de que falo era bem diferente!
Mas, já que você ainda tem resistência
a ponto de fazer espírito,
vá também tendo paciência,
caso possa!
Vá enganando a fome por aí,
que daqui a pouco a gente almoça!

SIMÃO entra na casa de ADERALDO. Entra FEDEGOSO, vestido de Vaqueiro.

FEDEGOSO

Clarabela, meu pecado!
Com mulheres de seu tope,
meu estilo é agarrado,
meu agarro é no aperto,

meu aperto é apressado!

Ai, donha!

CLARABELA

Calma! Mais devagar, Fedegoso!

Espere, ao menos, que eu me disponha!

Mas o que me agrada mais em você

é mesmo a brutalidade!

Fico toda alvoroçada!

Acho a brutalidade uma coisa tão refinada!

Você não acha?

FEDEGOSO

Sei lá! O que eu quero é você,

seu corpo, seu sangue, e até sua alma!

CLARABELA

Ah, como tudo isso é refinado,

como é belo e delicado!

Então você quer até minha alma, hein?

Não se contenta mais com meu corpo,

do qual já está inteiramente apossado!

Quer também se apossar da alma!

FEDEGOSO

É verdade! Isso lhe parece incrível?

CLARABELA

Não, acredito!

Mas você, querido, quer uma coisa impossível!

Não existe a nossa alma!

Isso que você chama de *alma*
é uma região solitária e vazia!
Ninguém pode se apossar dela:
nem mesmo nós! Alma não compensa!

FEDEGOSO

É o que você pensa!

CLARABELA *(Rindo.)*

Fedegoso, você é muito estranho!
Aliás, é isso o que me fascina em você:
essa estranheza, essa crueldade,
essa grosseria, essa brutalidade!
Tenho, às vezes, a impressão
de que você é capaz de me assassinar!
Será?

FEDEGOSO

Talvez!

CLARABELA

Ai, que coisa cheia de poesia!
Você é capaz de me matar?

FEDEGOSO

Sou! No corpo e na alma,
na alma que você diz que é vazia!

CLARABELA

Ah, como tudo isso é excitante e novo!
É por isso que eu gosto do Povo:
é tão primitivo, tão puro, tão naífe, tão ingênuo!

FEDEGOSO

>Que conversa de merda é essa?
>O Povo é como todo mundo, o Povo é duro!
>Não tem nada de ingênuo nem de primitivo!
>Não tem porra nenhuma de puro!
>Quer fazer o favor de se calar?

CLARABELA

>Ah, um reacionário popular!
>Um homem do Povo patriarcal, medieval!
>Tão lindo! É maravilhoso!
>E, com toda essa grosseria,
>tão puro, tão formoso!

FEDEGOSO

>Você é muito é safada e trastejeira!
>Tem muita conversa, mas não passa
>de uma cabra viciosa e traiçoeira!

CLARABELA

>Viciosa? Como, se não há mais pecado?
>Meu raciocínio é claro e calculado:
>se não há Deus, não há pecado;
>se não há pecado, não há virtude!
>Se não há virtude, não há vícios reais
>e, se não há vícios, não existem mulheres viciosas!
>Mas enfim, dentro de seus padrões medievais...
>Agora, traiçoeira é que você não pode me chamar!
>Eu nunca traí você, traiçoeiro!

FEDEGOSO

>Traiu, sim, grandessíssima safada!
>Você andou procurando outro Vaqueiro!

CLARABELA

>Mentira!

FEDEGOSO

>Mentira o quê, desgraça!
>Pensa que eu não soube?
>O que você não esperava, aconteceu:
>ele é Vaqueiro na mesma fazenda que eu
>e andou, por lá, se gabando
>de que recebeu um chamado seu!
>Ele é meu primo-irmão-irmão!

CLARABELA

>É lindo, isso! Fedegoso com ciúme!
>Como ele fica transtornado!
>Fedegoso, não existe primo-irmão-irmão:
>existe primo-irmão, que é o filho da tia!
>Primo-irmão-irmão é criação
>de seu ciúme e sua fantasia!

FEDEGOSO

>Ele se chama Quebrapedra:
>é meu primo-irmão-irmão,
>porque é resultado do cruzamento
>de meu Pai com minha Tia!

CLARABELA

>Ai, um incesto! Que coisa pura!
>
>Ah, Fedegoso, que imaginação fogosa você tem!

FEDEGOSO

>É só no fogo que me sinto bem!
>
>E vou logo avisando: Quebrapedra também!
>
>Ele disse que você tinha mandado chamá-lo!

CLARABELA

>E se tivesse? Quer me dar ordens, é?
>
>Eu não lhe pago para receber ordens!

FEDEGOSO

>Logo você estará
>
>recebendo as minhas, na Desordem!

CLARABELA

>Resolvi lograr meu prazer
>
>quando, onde e com quem desejar!
>
>Tem alguma coisa contra isso?

FEDEGOSO

>Eu? Nada!
>
>Quanto mais cedo você se condenar...

CLARABELA

>Então, me dê um daqueles abraços
>
>grosseiros e quentes,
>
>que sempre me dão a impressão
>
>de que estou me queimando!
>
>Chegue! Estou esperando!

Voz de Quebrapedra.

    Clarabela! Clarabela!

Entra Andreza, *correndo.*

Andreza

    Estamos perdidos! Seu Aderaldo vem aí!

Fedegoso

    Oxente! E ele não sabe das suas safadezas?

Clarabela

    Sabe, mas não quer ver:

    é dos princípios morais dele!

    Eu posso fazer tudo, contanto que ele não veja!

    Disse que, vendo, fica desonrado

    e que me mata!

Fedegoso

    Então é melhor tomar uma providência!

    O diabo é quem se confia em mansidão de corno!

Andreza

    Entre aqui nesse baú!

    Tranque-se por dentro e fique calado!

    Não dê uma palavra

    enquanto não for chamado!

*F*edegoso *entra na mala. Entra* Quebrapedra.

QUEBRAPEDRA

> Onde anda Clarabela? Quero lhe beber o sangue,
> comer-lhe a carne, sugar sua seiva! Rá, rá, rá!

CLARABELA

> Ah, e era você?

ANDREZA

> Pensei que fosse Seu Aderaldo!

CLARABELA

> De qualquer maneira foi bom
> que você tivesse avisado!
> Quem sabe o que não fariam
> esses dois abrutalhados
> se se encontrassem aqui,
> todos dois me disputando?
> Estou cercada de canibais, de antropófagos!
> Que coisa sensacional, hein, Andreza?
> Só lamento é o tempo
> que perdi com o Poeta!
> Rusticidade e grosseria é aqui,
> com esses danados!
> É o supremo refinamento!

QUEBRAPEDRA

> Sim, mas eu é que não posso perder tempo!
> A senhora me chamou ou não?

CLARABELA

> Fale baixo, por favor!

QUEBRAPEDRA

    Seu marido está em casa?

ANDREZA

    Não, mas a mala...

CLARABELA

    Cale-se, diaba!

ANDREZA

    Diaba?

CLARABELA

    Um peste desses pode estar armado:
    minha vida se acaba, meu sangue corre
    e eles bebem! Clarabela morre!
    O amor popular tem suas vantagens,
    mas tem, também, suas desvantagens!
    Quebrapedra, venha cá! Estou ansiosa!

QUEBRAPEDRA

    Você está muito é fogosa!

CLARABELA

    Estou ansiosa por travar
    conhecimento com você!
    Será uma novidade! Nunca fui abraçada
    por um homem, assim, da vista furada!
    Deixe eu olhar seu olho cego, deixe!
    Será uma sensação nunca experimentada!
    Tenho a impressão de que aí, debaixo desse pano,

você guarda algo grosseiro e vergonhoso
que me deixa muito curiosa e excitada!
Será que sai fogo, do seu olho?
Espere! O que é que você tem?
Será que eu disse alguma coisa que não convém?

QUEBRAPEDRA

Nunca mais diga isso, desavergonhada!
Eu mato você, sangrando,
como quem sangra uma cachorra ruim!
Faço assim, quer ver? Você quer ser sangrada?

Puxa a faca de ponta, vai sangrá-la, mas de repente, como fascinado, abraça-a e beija-a.

CLARABELA

Ai, que emoção inusitada!
Estive a ponto de ser assassinada!

Entra ADERALDO, com um pacote na mão. Ao ver a cena, solta o pacote e puxa um revólver.

ADERALDO

O que é isso, aqui?

CLARABELA

Ai, Aderaldo! Pelo amor de Deus! Não me mate!

ANDREZA

    Calma, Seu Aderaldo! Se sente!
    Dona Clarabela é inocente!
    Foi para evitar que esse Vaqueiro
    matasse o outro!

ADERALDO

    O outro?

ANDREZA *(Ironicamente dramática.)*

    Sim! Eu estava aqui,
    conversando com Dona Clarabela,
    quando entrou um Vaqueiro
    correndo e gritando
    que outro Vaqueiro queria matá-lo!
    Dona Clarabela, com o bom coração que tem,
    trancou o homem na mala!
    Aí, chegou este, na mesma hora!
    Perguntou pelo outro:
    a gente disse que não viu!
    Ele puxa o punhal! A gente
    se agarra a ele, pedindo que fosse embora!
    Nesse instante, o senhor chega,
    fica brabo, puxa essa arma terrível,
    e quer matar esta santa que, nisso tudo,
    só quis foi evitar um crime horrível!

ADERALDO

    É verdade, isso?

CLARABELA

    É! Tem que ser,

    porque, senão, estou desgraçada!

ADERALDO *(Severo, a ANDREZA.)*

    Abra esta mala!

ANDREZA obedece. FEDEGOSO bota a cabeça de fora.

FEDEGOSO *(Falando fino, também por ironia.)*

    O senhor me dá garantias de vida?

ADERALDO

    Dou! Pode sair! Perdão, querida!

    Como foi que me enganei assim?

CLARABELA *(Ofendida.)*

    Ameaçar-me de morte! E, o que é pior,

    desconfiar de mim!

    Eu nunca desrespeitaria

    seus princípios morais, Aderaldo!

ADERALDO

    Desculpe! Qualquer um

    pode cometer um engano!

QUEBRAPEDRA

    E qualquer um pode

    sofrer um desengano!

ADERALDO *(Para FEDEGOSO.)*

    Pode sair, não tenha medo!

    Se ele tentar

alguma coisa contra você,

você corre para meu lado!

Quanto a você, me dê o punhal!

Está vendo? Não tenha medo!

Agora ele está desarmado!

FEDEGOSO

Eu estou com medo é do senhor!

ADERALDO

Se é por isso, guardo também meu revólver!

Olhe, guardei! Não estou mais zangado!

FEDEGOSO

O senhor continua armado!

É isso que me deixa

com a alma perturbada!

QUEBRAPEDRA

Vou lhe dizer um segredo:

não é do revólver

que ele está com medo não,

nem é sua mão que está armada!

Ele está com medo

é dos chifres e da pontada!

Rá, rá, rá! Co-coró-cocó!

FEDEGOSO *(Como um bode.)*

Bâ-â-â! Puf! Puf!

Saem correndo e rindo, acompanhados por ANDREZA.

ADERALDO

>Que gente mais estranha! Cada dia
>a gente se convence mais desta verdade:
>as classes populares
>estão cada vez mais incapazes
>de compostura e de dignidade!

CLARABELA

>É isso mesmo, Aderaldo! Mas,
>por falar em compostura,
>precisamos tomar cuidado com a nossa.
>Suas medidas de economia são salutares,
>mas, se continuam muito rigorosas,
>daqui a pouco ninguém nos respeita mais.
>Você não viu esses dois Vaqueiros? Eles
>veem a gente levando o mesmo estalão de vida deles,
>e aí ficam nos julgando gente da sua laia!

ADERALDO *(Baixo.)*

>Catraia!

CLARABELA

>Que foi que você disse?

ADERALDO

>Nada! Mas é preciso economizar,
>para garantir nossa velhice!

CLARABELA

    Uma certa representação nossa

    é indispensável ao respeito do Povo.

    Por que, por exemplo,

    você não mantém, mais, um mordomo?

ADERALDO

    Está louca! Como?

    Vai nos custar os olhos da cara!

CLARABELA

    E se eu encontrasse um que ficasse

    só pela comida e pela roupa?

    Se for alguém que está morrendo de fome,

    e que, por isso, aceita tudo?

    Se for alguém cuja derrota

    representa sua vitória?

ADERALDO

    Quem é essa joia rara?

CLARABELA

    Quando você souber, vai morrer de rir!

    É o Poeta que nem se dobra nem come!

    É Joaquim Simão! Retirou-se,

    e chegou hoje, aqui, com fome!

ADERALDO

    E Nevinha? Veio com o desgraçado?

CLARABELA

    Você, hein? Não! A mulher dele ficou, tarado!

ADERALDO

Não diga! Joaquim Simão humilhado!
Pedindo emprego para trabalhar sob minhas ordens!
Agora, a situação está invertida:
é minha vitória, e ele vai ser dela testemunha!
Eu não trabalho, vivo como nobre,
e ele é quem vai chiar na minha unha!

CLARABELA

Aí vem ele! Veja como vem vestido!

Entra SIMÃO, com roupa formal e antiquada, uma espécie de roupa de casamento de 1915, com paletó preto, calça tabica de listas pretas e cinzentas etc.

ADERALDO

Muito bem, Joaquim Simão!
Eu soube, por Clarabela,
que você tinha chegado,
e soube que, finalmente,
você é meu empregado!
Você sabe que eu, agora,
já cheguei à perfeição
de deixar de trabalhar?
Já posso, agora, dizer:
passei de burguês a nobre!

>   De humilhado por você
>   a orgulhoso diante
>   de você! Que é que me diz?
>
> SIMÃO
>   São as voltas da fortuna, Seu Aderaldo!
>
> ADERALDO
>   Seu Aderaldo, não!
>   Dom Aderaldo! É pra você me chamar
>   Dom Aderaldo ou *patrão*!
>   Faço questão desse nome!
>   Você não é meu empregado?
>
> SIMÃO
>   É verdade! Até de *mestre-sala*
>   de bumba-meu-boi eu estou vestido!
>
> CLARABELA
>   Que mestre-sala que nada, Simão!
>   Que vulgaridade!
>   É para dizer *mordomo*!
>
> ADERALDO
>   Não, é *mestre-sala*, mesmo!
>   Prefiro assim, é mais cômico!
>   Estou gostando! O Poeta,
>   o homem que não se curvava
>   à nossa insignificância,
>   vestido com essa roupa
>   que assenta tão mal com ele,

e obrigado ao que eu mandar
para criar, em minha casa,
meus rituais de importância!

SIMÃO

Quais são minhas obrigações?

ADERALDO

Suas obrigações são o que *eu mandar*!
Fale o menos possível!
Praticamente você deve se limitar
a responder ao que eu perguntar!
Por enquanto, como é tempo de seca,
seu trabalho principal vai ser despachar
os mendigos que vêm me importunar!

SIMÃO

Chegou aqui, eu boto pra fora, é?

ADERALDO

Sim, mas com jeito, para não despertar
antipatia contra mim! O fardo da antipatia
é você quem vai carregar!
Tenho feito sacrifícios, economias,
mas já equilibrei a receita
com um mínimo de despesas!
Basta que eu lhe diga que, atualmente,
eu não vou na casa de minha Mãe
para ela não visitar a minha
e não desequilibrar meu orçamento

com o aumento do feijão e da farinha!
Está ouvindo como é, Simão?
Você tem que me servir, senão fica malvisto!
E, para bem me servir, lembre-se disto:
eu sou um homem que não dou esmola a ninguém,
e não visito a casa da minha Mãe,
para ela não visitar a minha!
Então? Vai tomar o serviço a peito?
Que acha de seu trabalho?

SIMÃO

Apaixonante!
O senhor é um homem equilibrado e direito,
por essas duas coisas, a gente vê logo!

ADERALDO

Bem, então fique aí e assuma suas funções!
Veja lá, viu? Abra o olho com os mendigos!
Até já, homem elegante!

Sai, rindo, com CLARABELA.

SIMÃO

Está aí, um sujeito decente!
Faz gosto trabalhar com ele!
Não dá esmola a ninguém,
e não visita a casa da Mãe,
para ela não visitar a dele!

Estou arranjado!

E que fome, meu Deus!

Nevinha aparece na porta.

NEVINHA

Psiu!

SIMÃO

Cale a boca, mulher! Cuidado!

NEVINHA

Eu estou morrendo de fome, Simão!

A boca chega secou!

SIMÃO

Se companhia consola,

console-se, que eu também estou!

Lá, dentro da casa do homem, não tem é nada!

Procurei por todo canto!

Mas, meu Deus, que é que estou vendo?

Repara o que está ali!

É um pacote do patrão!

O que será que tem dentro?

Menino! É uma galinha assada

e um queijo do reino!

Vê que beleza, Nevinha!

Vamos esconder o queijo

para comermos depois,
numa hora de aperto!
Isto! Pronto, viva! Agora,
vamos comer a galinha!

NEVINHA

Cuidado! Lá vem Seu Aderaldo!

Esconde-se. SIMÃO, *apressadamente, esconde a galinha, no mesmo lugar em que escondeu o queijo. Entra* ADERALDO.

ADERALDO

Mestre-sala! Simão!

SIMÃO

Pronto, Dom Aderaldo! Pronto, patrão!

ADERALDO

Onde é que está o pacote
que eu trouxe da rua?

SIMÃO

Um pacote? E o senhor veio com um pacote?
Vi não!

ADERALDO

Não viu, o quê! Deve ter caído por aqui!

SIMÃO

Era dinheiro?

ADERALDO

    Não, era uma galinha e um queijo do reino!
    Certamente caiu aqui
    quando eu briguei com os Vaqueiros!

SIMÃO

    Não tinha nada aqui não!
    Pacote, se o senhor trouxe,
    entrou em casa com ele!

ADERALDO

    É possível? Já procurei
    em todo canto, por lá!

SIMÃO

    Entre e procure de novo,
    porque aqui não ficou não!

VOZ DE MIGUEL ARCANJO *(Fora.)*

    Ai! Ai, meu Deus!

SIMÃO

    Danou-se, patrão! Que terá sido isso?
    Parece voz de mal-assombrado!

ADERALDO

    Eu não tenho nada a ver com santo,
    nem com alma, nem com mal-assombrado!
    Não acredito em nada disso,
    nem gosto de empregado meu
    assombrado, medroso e compadecido!
    Agora, mesmo que seja um mal-assombrado,

se o que ele vem é trazer meu queijo,
aí será bem recebido!
Vá ver quem é, mestre-sala!

Aparece MIGUEL, como mendigo, e com máscara de cego. Talvez seja conveniente usar apenas uma meia máscara, para não prejudicar a emissão da voz; e, se possível, é melhor que ele só coloque a máscara quando já estiver à vista do público, para que este logo o reconheça.

MIGUEL ARCANJO
Ai, meu Deus! É possível que eu não ache, neste mundo,
uma pessoa bondosa, uma pessoa que preste?
Ai, minha Nossa Senhora! Me dê uma esmola,
pelo amor de Deus e de todos os anjos
e santos da corte celeste!

SIMÃO
Quem é você? Que é que há, meu velho?

MIGUEL ARCANJO
Sou um velho cego! Tenho um olho furado,
estou no fim da vida,
e peço uma esmola, pelo amor de Deus!

SIMÃO
Ai, patrão! Patrão, pelo amor de Deus!

ADERALDO

> Que é, mestre-sala? Achou meu pacote?

SIMÃO

> Não!

ADERALDO

> Então, não interessa! Você tem que se pautar
> por minha lei e minha escola!

SIMÃO

> Mas Dom Aderaldo, é um velhinho, cego,
> que está pedindo uma esmola!

ADERALDO

> Dou nada, oxente!

SIMÃO

> Mas patrão, é a coisa mais horrível,
> mais triste deste mundo!
> Faça uma exceção na sua lei!
> Ele tem um olho furado!

ADERALDO

> Oxente, e fui eu que furei?
> Diga a ele que não estou!
> Não, tem melhor:
> diga a ele que venha aqui
> para eu furar o outro olho,
> que aí eu fico devendo alguma coisa a ele
> e dou!

Mas assim, sem nada, não!
Vai desequilibrar meu orçamento!

Simão

Mas patrão, como é que eu vou dar um recado desse
a um velho cego que pede esmola?

Aderaldo

Simão mestre-sala, seu serviço é esse!
Vá se virando como puder,
eu não tenho nada com isso!
Vou é atrás do meu pacote!

Entra em casa.

Simão

Meu velho, não posso lhe dar esmola não,
que vai desequilibrar o orçamento do patrão!
Olhe, eu sou somente empregado:
foi o patrão quem disse, não sou eu não!
Eu só fiz foi trazer o recado!

Miguel Arcanjo

Como é?

Simão

Foi ordem do meu patrão!
Ele disse que só lhe dava esmola
se tivesse sido ele quem furou seu olho.
Foi ele quem disse, não sou eu não!

MIGUEL ARCANJO

> Vá ver que foi você, mesmo, quem inventou,
> com preguiça de ir lá dentro
> perguntar se tinha esmola!

SIMÃO

> Foi não, velhinho, foi ele!
> Eu ia lá inventar uma história dessa!
> Ele não dá esmola a ninguém
> e não visita a casa da Mãe
> que é para ela não visitar a dele!
> Só você vendo, pra saber quem é aquela peça!

MIGUEL ARCANJO

> Ah, é assim? Pois então esse peste
> vai perder quem ainda lutava por ele!
> O Diabo do Inferno que persiga
> esse miserável, na comida,
> na bebida, no estudo, na dormida,
> de noite, de dia
> e no pino do meio-dia!

Sai.

SIMÃO

> Patrão! Patrão!

ADERALDO *(Aparecendo à porta.)*

> Que é, Simão?

SIMÃO

Ai, patrão, pelo amor de Deus!
O velho rogou-lhe a pior praga
que eu já vi outro rogar a um cristão!

ADERALDO

E daí?

SIMÃO

Patrão, o senhor pergunta *e daí?*
Olhe o castigo do Céu!

ADERALDO

O castigo do Céu! Olhe a besteira dele!
Eu pensei que era coisa de importância,
que você tinha achado meu pacote!

SIMÃO

Patrão, o senhor não tem medo
de castigo e de praga não?

ADERALDO

Simão,
praga não pega em rico não,
só pega em pobre, que é quem tem de pagar!
E eu, já estando rico de novo,
tenho dinheiro pra comprar a terra, o céu e o mar!

SIMÃO

Ave Maria! Nossa Senhora!
São Bento! São Simão Zelote!

ADERALDO

    O que é? Estão aí, esses santos todos, é?
    Se estão, pergunte se eles viram meu pacote!

Entra em casa.

SIMÃO

    Nevinha! Nevinha!
    Chega, mulher! Vamos comer a galinha!

NEVINHA *(Aparecendo.)*

    Cadê Seu Aderaldo, foi embora?

SIMÃO

    Foi!

NEVINHA

    Foi procurar o pacote, não foi?

SIMÃO

    Foi, é nossa hora!
    Enquanto ele procura lá dentro,
    a gente come aqui fora!
    Tome lá!

NEVINHA

    Ai!

Esconde-se de novo. Entra ADERALDO, sem que SIMÃO veja.

SIMÃO

   Está com medo? Come, Nevinha!

   Ai!

ADERALDO

   Epa! Solte essa galinha!

   Largue já o que é meu!

SIMÃO

   Espere aí, Seu Aderaldo! Que história é essa?

   Vá pra lá, o negócio não é

   como o senhor está pensando não!

   Que é isso?

ADERALDO

   Que é isso, o quê?

   Me dê minha galinha, ladrão!

SIMÃO

   Que ladrão que nada, patrão!

   Essa galinha eu achei aqui, no chão!

ADERALDO

   É do pacote que eu estava procurando!

   Me dê, é a última vez que lhe falo!

SIMÃO

   Patrão, essa galinha é minha

   e dela eu não abro mão!

   Do jeito que anda a situação,

   galinha está tão caro

   que, no caminho em que se vai,

daqui a uns tempos
só quem vai poder comer galinha é o galo!

ADERALDO

Deixe de conversa! Cadê minha galinha?
Essa é a galinha do meu pacote!
Cadê ela?

SIMÃO

Sua galinha? Quem? Dona Clarabela?

ADERALDO

Não tente me atrapalhar!
Cadê o queijo que estava com ela?

SIMÃO

Ah, isso eu não sei não!
Aqui só tinha a galinha!
Certamente seu pacote
se desfez, aí, aos poucos,
o senhor não pressentiu,
o queijo caiu na rua
e a galinha por aqui!

ADERALDO

Não! Deve ter sido
quando eu puxei o revólver!
O queijo deve estar por aí!

Sai, procurando. Entra SIMÃO PEDRO, como velho mendigo, e de modo parecido com o de SÃO MIGUEL. Bate palmas, no limiar.

SIMÃO PEDRO
> Louvado seja Nosso Senhor Jesus Cristo!

SIMÃO
> Para sempre seja louvado!

ADERALDO
> E meu queijo seja encontrado!

SIMÃO
> Patrão, acabe com essas brincadeiras de heresia
> senão o senhor se estraga! Ai!

SIMÃO PEDRO
> Uma esmola pelo amor
> de Nosso Senhor Jesus Cristo!

SIMÃO
> Ai, patrão, pelo amor de Deus!
> É o velho mais feio
> que eu já vi em minha vida!
> Em nome do Pai, do Filho, da Filha,
> da Mãe, da Raça toda!

ADERALDO
> Vá ver o que é que ele quer, Simão!

SIMÃO

>Meu velho, o que é que você quer?
>Ave Maria, que cara! Em nome do Pai,
>do Filho, da Filha, da Mãe, da Prima,
>da Cunhada, da Raça toda!

SIMÃO PEDRO

>O quê? Que casa é essa, em que se falta
>com o respeito às coisas de Deus?

SIMÃO

>E eu faltei, lá, com o respeito
>às coisas de Deus?

SIMÃO PEDRO

>Como foi que você disse, aí quando me viu?

SIMÃO

>Eu disse "Em nome do Pai,
>do Filho, da Filha, da Mãe,
>da Prima, da Cunhada e da Raça toda!"
>O Pai, é Deus. O Filho, é Jesus Cristo.
>A Filha, é Nossa Senhora que,
>como nós todos, é filha de Deus.
>A Mãe é ela também que, como ela só,
>é mãe de Deus. A prima, é Santa Isabel.
>A cunhada é aquela Maria, casada
>com um primo-irmão de Jesus Cristo.
>E a Raça toda é a raça de Nosso Senhor,

desde Abraão, Jacó e Davi até ele!

Faltei com o respeito às coisas de Deus?

SIMÃO PEDRO

Não, xarapa! Faltou não!

SIMÃO

O que é que há, meu velho?

SIMÃO PEDRO

O que há, é que sou um velho sozinho no mundo,

com cinco filhos com fome

e que faz três dias que não come!

Me dê uma esmola pelo amor de Deus!

SIMÃO

Ai, patrão, pelo amor de Deus!

ADERALDO

Lá vem ele com a piedade dele!

O que é, Simão?

SIMÃO

É um velho, sozinho no mundo,

com cinco filhos com fome

e que está pedindo uma esmola!

ADERALDO

Oxente, dou nada!

Se ele tem cinco filhos,

como é que está sozinho no mundo?

Que mentira mais danada!

SIMÃO

    Mas patrão, faz três dias que ele não come!

ADERALDO

    Se é por isso, deixe disso!
    Ele não come porque não tem o que comer!
    Em muito pior situação
    estou eu, que não como tendo um queijo
    que ganhei com o suor do meu rosto
    e que perdi! Diga que não dou não!
    Não dou esmola a preguiçoso não!

SIMÃO

    Meu velho, não pode ser não!
    Vá procurar, por aí, um lugar
    onde rachar lenha, que aqui não se dá
    esmola a preguiçoso desocupado não!
    Foi o patrão quem disse, não sou eu não!

SIMÃO PEDRO

    Ah, é assim o seu patrão?
    Pois então diga a ele
    que a situação dele
    está piorando cada vez mais!
    O Diabo do Inferno que persiga
    esse miserável na comida,
    na bebida, no estudo, na dormida,
    de noite, de dia
    e no pino do meio-dia!

Sai.

SIMÃO

> Patrão, abra o olho! Olhe o fogo eterno!
> O velho disse que o Cão
> carregasse o senhor para o Inferno!

ADERALDO

> E eu me incomodo, lá, com isso!
> Você pensa que isso me abala?
> Eu acredito, lá, em besteira,
> Simão mestre-sala?
> Eu sou um homem emancipado!
> Só acredito no que gosto
> e só gosto do que é meu!
> Eu sou um sujeito que, hoje em dia,
> só acredito que existe, mesmo, eu!
> Vocês vivem com uma besteira
> de Inferno e Céu!
> Olhe, Simão: da minha cabeça pra cima
> eu só acredito, mesmo, em chapéu!
> E olhe lá: do meu chapéu pra cima
> pra mim não existe nada,
> e, se existir, é podre!
> Entendeu como é a história, Simão?

SIMÃO *(Falando para o Céu.)*

> Foi ele quem disse, não fui eu não, viu?

Enquanto os dois falam, SIMÃO PEDRO acha o queijo e, dando mostras de satisfação, foge com ele. QUEBRAPEDRA, FEDEGOSO e ANDREZA aparecem no limiar e dão alguns espirros e bodejados.

OS DIABOS

    Bé-é-é! Puf! Puf!

Desaparecem.

ADERALDO *(Ouvindo, mas sem vê-los.)*

    Xô, bode! Onde é que está esse bode?
    Você ouviu o bode, Simão?

SIMÃO

    Não ouvi nada, patrão!

Aparece MANUEL CARPINTEIRO, também como mendigo e também com máscara, como os outros dois.

MANUEL CARPINTEIRO

    Ai! Um pobre velho com não sei quantos filhos pede uma esmola, pelo amor de Nossa Senhora! Faz três dias que eu não como!

SIMÃO

    Ai, patrão, por Nossa Senhora!
    Desta vez, dê!

ADERALDO

Ah homem duma piedade mais sem jeito!
Que é, Simão?

SIMÃO

É um velho que faz três dias que não come
e tem não sei quantos filhos para dar de comer!

ADERALDO

Me diga uma coisa: eu sou o pai dos filhos dele?
Diga a ele que me mostre a certidão,
ou então um documento provando que eu dormi
com a mulher dele, que aí eu dou!

SIMÃO

É, o senhor é um sujeito lógico e decente!
Se não foi o senhor que pariu os meninos,
não tem nada com isso, ele que sustente!

ADERALDO

Vá lá, bote esse velho pra fora
e me afaste esses mendigos!
Não já lhe disse que esse é meu desejo?
Empreguei você foi pra isso
e o que eu quero é o meu queijo!

Volta a procurar o queijo.

SIMÃO

Olhe aqui, meu velho, não pode ser não!
Aqui não se dá esmola

a quem não trabalha não!
Foi o patrão quem disse,
não sou eu não!
Ele disse que você arranjasse uma certidão,
provando que ele tinha dormido com sua mulher,
que aí ele tinha obrigação.
Doutro jeito, não!

Manuel Carpinteiro

Está bem, ele mesmo é quem escolhe!
Depois não se queixe quando as forças do Mal
envenenarem as fontes de água pura de sua vida,
e o Diabo venha pegá-lo, na comida,
na bebida, no estudo, na dormida,
de noite, de dia
e no pino do meio-dia!

Sai. Aderaldo dá um grito e desmaia.

Simão

Eita, que, com esta, deu a macaxeira
na canela do patrão!
Seu Aderaldo! É Simão!
Acorde! Seja homem
como sua mãe foi! Não acorda não!
Vamos aproveitar, Nevinha!
Já que o homem teve essa biloura,

essa brancainha,
vamos aproveitar e comer a galinha!

Nevinha reaparece, mas Aderaldo geme e ela se coloca por trás. Simão, por gestos, manda que ela se mantenha à parte.

ADERALDO

Mestre-sala!

SIMÃO

Estou ouvindo não!
Chamando assim, eu não ouço não!

ADERALDO

Simão mestre-sala! Simão!
Joaquim Simão! Seu Joaquim Simão!
Dom Joaquim Simão!

SIMÃO

Ah, assim, sim!
Que é, Seu Aderaldo?

ADERALDO

Estou me sentindo mal!
Estou ruim, Simão!
Oi, Nevinha está aqui?

SIMÃO

Chegou agora mesmo, veio atrás de mim!
Que foi que houve,

para o senhor desmaiar assim?
Foi a praga do velho?

ADERALDO

Foi nada, Simão!
Foi que perdi um botão!

SIMÃO

De ouro?

ADERALDO

Não, de osso!
Fui olhando o paletó,
faltava o botão!
Tive um choque tão grande
que me deu aquela dor no peito
e eu caí no chão!
Simão, os bodes estão berrando!

No limiar, os DIABOS dão bodejos.

SIMÃO

Não tem bode nenhum aqui não!
Acho que é o senhor
que ainda está meio zonzo!

ADERALDO

E cadê minha galinha?

SIMÃO

Sumiu-se, acho que aquele último velho
levou a penosa com ele!

ADERALDO

    O quê? Ladrão! Pega o ladrão!
    Minha raiva é tanta
    que até melhorou meu mal-estar!
    Vou à polícia, dar queixa,
    mas meu botão você é quem vai achar!

SIMÃO

    Mas um botão, Seu Aderaldo?
    Onde foi que o senhor perdeu esse botão?

ADERALDO

    Por aí, na rua, na praça... Sei não!

SIMÃO

    E como é que eu vou encontrar?

ADERALDO

    Você varre a rua e a praça, Simão,
    passa a terra na peneira
    e encontra meu botão!

SIMÃO *(Irônico.)*

    Ah, eu varro a rua toda,
    passo a terra na peneira
    e encontro seu botão...
    Me diga uma coisa, patrão:
    sua Mãe inda é viva, não é?

ADERALDO

    É!

SIMÃO

Pois mande ela procurar, viu?
Eu não vou não!

ADERALDO

O quê? Você não vai não?

SIMÃO

Vou nada! Você precisa saber, meu velho,
que aqui é Joaquim Simão,
Poeta macho até o osso,
e que não sofre humilhação!
Enchi, com essa do botão!
Prefiro perder o emprego,
aqui, na mesma hora!
Me dê minhas contas,
que eu quero é ir me embora!

ADERALDO

Suas contas, atrevido?
Não há dificuldade nenhuma!
Sua conta já está calculada!
Com quanto você chegou aqui?

SIMÃO

Com nada!

ADERALDO

E quanto tem agora?

SIMÃO

Nada!

ADERALDO

>Pois quem de nada tira nada
>é nada!
>Eu não lhe devo coisa nenhuma!
>Puxe por ali!

Entram QUEBRAPEDRA, FEDEGOSO e ANDREZA, dando bodejos.

FEDEGOSO

>Chegou a hora das trevas,
>chegou a hora do sangue,
>do lodo e dos esqueletos!

QUEBRAPEDRA

>É a hora do morcego,
>do sapo e do bode preto!

ANDREZA

>É a hora do castigo
>para o servo do pecado,
>pro teto de sua casa,
>pra telha do seu telhado.

OS TRÊS

>É hora, seu desgraçado!
>É hora, Seu Catacão!

Simão

> Ai, Seu Aderaldo!
> Chame por Nossa Senhora e corra!
> Corra, que é o Cão!

Corre, com Nevinha. Ouve-se sua voz, fora, repetindo as últimas palavras.

Aderaldo

> Olhe a besteira de Simão!
> "Corra, Seu Aderaldo! Corra, que é o Cão!"
> É o Cão nada, é um bode! Que Cão que nada!
> Não existe o Cão! Isso é coisa medieval e superada!

Fedegoso *(Aproximando-se dele aos poucos.)*

> Bé-é-é! Puf, puf!

Aderaldo

> Xô, bode! Ai! Que é isso?
> Ô bode feio dos seiscentos diabos!
> Xô, bode!

Fedegoso *(Dando poupas e traques, como jumento ruim.)*

> Bâ-â-â! Puf, puf!

Aderaldo

> Xô, bode!

Fedegoso

> Xô bode? Xô bode, o quê?
> Você sabe quem sou eu, catingoso?

ADERALDO

> Parece aquele Vaqueiro que passou por aqui!
> Você não é o Vaqueiro?
> Você não é Fedegoso?

FEDEGOSO

> Fui eu que, disfarçado de Frade,
> roubei, aqui, seu dinheiro
> que você pensava que era eterno!
> Fui também o vaqueiro Fedegoso!
> Mas sou, mesmo, é um Diabo do Inferno,
> o Diabo em que você não acreditava
> e que veio agora buscar você!

ADERALDO

> Eu...

FEDEGOSO

> Calado aí, viu? Não se admire não!
> Seu nome estava anotado em meu caderno!
> Aqui, eu me chamava Fedegoso,
> mas eu sou é o Cão Coxo,
> um dos secretários do Cão Chefe do Inferno!
> Bâ-â-â! Puf, puf!

ADERALDO

> Mas é que eu...

FEDEGOSO

> Calado, aí! Calado!

ADERALDO *(De lábios quase fechados.)*

>Estou caludo, não falo mais não!

ANDREZA

>Chegou a hora da Porca
>que amamenta seus Morcegos
>com leite da Sapa podre!
>É a hora desgraçada
>da infâmia e da desordem,
>do fogo que queima o sangue,
>da demência alucinada!

ADERALDO

>Andreza!

ANDREZA

>Andreza? Andreza, o quê?
>Está falando com a Cancachorra,
>a Diaba de leite preto,
>do sangue e da confusão,
>que aleita um Bode e um Macaco
>no Lugar da Solidão!

ADERALDO

>Mas vocês não viviam comigo,
>andando e conversando por aqui,
>na maior animação?

QUEBRAPEDRA

>Vivíamos! E daí? Está lembrado de mim?
>Sou o calunga de caminhão,

mas falando a sério, mesmo,
você está, agora, é com o Cão Caolho!
Este mundo é assim: tem a cara
que todo mundo vê e outra diferente!
É porta do Sagrado luminoso
e porta do sagrado que é demente!
E assim também é o homem,
estrada doida e pouso da viagem,
por onde passam Anjos e Demônios,
sem que ele se dê conta da passagem!
Você não se lembra do velho do olho furado
que passou por aqui, pedindo esmola,
e a quem você enxotou?

ADERALDO

Me lembro!

QUEBRAPEDRA

Pois aquilo era São Miguel!

ADERALDO

Meu santo Céu!

QUEBRAPEDRA

Você não se lembra daquele outro
que tinha cinco filhos
e dizia que vivia sozinho?

ADERALDO

Me lembro!

QUEBRAPEDRA

    Pois aquilo era São Pedro!

ADERALDO

    Ai, que medo!

QUEBRAPEDRA

    Você não se lembra do último que passou,
    que dizia que tinha não sei quantos filhos
    e a quem até um pão você negou?

ADERALDO

    Me lembro!

QUEBRAPEDRA

    Pois aquilo era Aquele,
    filho daquele Outro
    que, junto com Ele e com Outro,
    fazem Um e fizeram o mundo!

ADERALDO

    Como é? Era Aquele, filho do Outro...

ANDREZA

    O Pai!

ADERALDO

    Que junto com Ele...

FEDEGOSO

    O Filho!

ADERALDO

    E com Outro... O Espírito Santo...
    fizeram o mundo...
    Era Jesus Cristo, então?

QUEBRAPEDRA

>Foi você quem disse, nós não!
>Nós não dizemos esse nome!

FEDEGOSO

>Como chefe desta patrulha do Inferno,
>vim avisá-lo: você e sua mulher, Clarabela,
>só têm sete horas de vida!
>Dentro de sete horas,
>venho buscar você e ela!
>Se, daqui até lá, você achar
>quem reze, por vocês dois,
>um Pai-Nosso e uma Ave-Maria,
>apesar de todos os nossos feitiços e encantos
>vocês escapam, por causa
>da Comunhão dos Santos!
>Se não acharem,
>vão para a infâmia da solidão,
>do sofrimento no fogo
>queimoso e amaldiçoado!

ADERALDO

>Estou atolado!
>Clarabela! Clarabela!

Entra em casa, correndo. Entram MANUEL CARPINTEIRO, MIGUEL ARCANJO e SIMÃO PEDRO.

Manuel Carpinteiro

    Temos que fazer aqui uma pequena conversa,
    o que o cavalheiro há de compreender,
    porque ela se destina a enrolar o público
    enquanto as sete horas passam.
    Que fim o cavalheiro sugere?
    Deixo o Rico ir para o Inferno?

Simão Pedro

    Ir, mesmo, ele devia
    era para o fogo eterno!
    Mas, como afinal de contas,
    a história está sendo contada por Simão,
    é melhor que ele não se meta a julgar ninguém,
    mesmo num caso como esse, de mistura
    de avareza e safadeza,
    capitalismo e ateísmo!

Miguel Arcanjo

    Não vamos, então, julgar!
    O Poeta limita-se a mostrar
    e é melhor não tirar o ineditismo!

Manuel Carpinteiro

    Está bem. E por falar em *tirar*, São Pedro,
    onde foi que você arranjou esse queijo?

Simão Pedro

    Esse queijo estava ali, atrás de uma pedra.
    Eu estava andando por aqui e encontrei.

Para lhe ser franco, Senhor, ele é do rico.

Mas eu estava com uma fome da gota-serena:

achei o queijo aqui, levei!

Manuel Carpinteiro

Mas rapaz, isso estará certo?

Simão Pedro

Acho que está!

Seu Aderaldo é rico.

Eu, agora, aqui no mundo,

valho um pobre igual aos outros.

Estou com fome, achei o queijo,

acho que posso ficar!

São Tomás de Aquino diz, em algum lugar,

que até à revolução os homens têm direito,

desde que ocorram três coisas:

possibilidade de vitória,

tirania insuportável

e impossibilidade de conseguir o direito

legítimo pelos meios legais.

Que é que o senhor quer mais?

Manuel Carpinteiro

Você e São Tomás, todos dois

já passaram pela morte!

Estão, todos dois, no Céu!

Mas, então, já que a teoria é essa,

reparta o queijo comigo e com Miguel!

Simão Pedro

> Nosso Senhor, eu vou lhe ser franco:
> com a fome com que estou, é tudo ou nada!
> Prefiro apostar na sorte!

Manuel Carpinteiro

> Então vamos fazer o seguinte:
> enquanto a história do Rico e do Poeta continua,
> a gente vai ali dormir um sono e sonhar!
> Quem tiver o sonho mais bonito
> fica com o queijo todo, está bem?

Simão Pedro

> Está!

Manuel Carpinteiro

> Então, vamos. Quanto a vocês, faz de conta
> que só faltam dez minutos
> pra passar as sete horas.
> Lá vêm os réus, com os Diabos!

Saem. Entram ADERALDO e CLARABELA.

Aderaldo

> Sabe que o negócio, para o nosso lado,
> está arruinando?
> Não achei ninguém para rezar
> e o prazo está se esgotando!

CLARABELA

    Já sei uma solução:

    eu rezo por você e você reza por mim!

ADERALDO

    O Cão disse que só serve outra pessoa!

CLARABELA

    Minha Nossa Senhora!

    Quem quer rezar, aí, um Pai-Nosso

    e uma Ave-Maria por nós dois?

    Deus meu!

    Em último caso, rezem por mim

    e deixem Aderaldo,

    que sempre foi pior do que eu!

ADERALDO

    Você é besta, Clarabela? Quem reza por mim?

    Vejam que o dono do dinheiro sou eu!

    Dou dez contos por um Pai-Nosso

    e cinco por uma Ave-Maria!

    Ninguém quer? Vinte e quinze! Rapaz!

    Cem e cinquenta! Danou-se!

    O negócio está arruinando cada vez mais!

CLARABELA

    Mas será que essa história do Demônio

    é verdade, mesmo, Aderaldo?

    Será verdade, mesmo, essa história

    de Deus e Demônio, de bem e de mal?

> Que coisa mais anacrônica!
> Que filosofia mais medieval!

ADERALDO
> Anacrônica, é? Medieval, é?
> Pois olhe aí pra trás de você
> que você vai ver!

Os três demônios estão por trás dela, silenciosos.

CLARABELA
> Ai!

FEDEGOSO
> As sete horas se passaram,
> vocês estão desgraçados!
> Bâ-â-â! Puf, puf!

ADERALDO
> Ai! Pra todo lado que me viro
> tem um urubu de Morcego me olhando!
> Ai! Ai!

ANDREZA
> A mulher, quem leva sou eu!
> Vai pelos cabelos! Leva! Caça!

FEDEGOSO
> Torra! Queima! Assa!

ADERALDO
> Eu já vi que vou mesmo! Ai!

CLARABELA *(Indo.)*
>Aderaldo, me acuda! Ai!

ADERALDO
>Me acuda, uma peida! Eu estou indo com você!
>Minha gente, adeus! Dê lembranças aos capitalistas,
>aos reacionários, aos entreguistas,
>aos que não querem a grandeza nacional
>nem a justiça social!
>Diga que eu estou esperando por todos eles
>no Poço do Pau-com-Pau
>que é o terceiro círculo de fogo
>do Caldeirão infernal!

Saem, carregados pelos demônios. Aparecem SIMÃO *e* NEVINHA.

SIMÃO
>Seu Aderaldo! Dona Clarabela!
>Oxente! Onde é que está esse povo?
>Ninguém dá um pio!
>Estou achando o lugar tão soturno!

NEVINHA
>Eu também!
>Aconteceu alguma coisa aqui!
>Chega estou sentindo um arrepio!

Aparece FEDEGOSO, dando bodejos.

SIMÃO

    Ai, que a cabrita preta voltou!

FEDEGOSO

    Bâ-â-â! Puf, puf!

SIMÃO

    Vá pra lá, viu, desgraçado?

    O negócio, comigo, é diferente!

    Cadê Seu Aderaldo?

FEDEGOSO

    Esse já está lascado!

    Está sendo levado agora mesmo,

    com Clarabela,

    para o Poço do Pau-com-Pau,

    o lugar mais fedorento do Inferno!

    E você vai também,

    porque foi amante dela!

SIMÃO

    Eu fui, mas me arrependi!

FEDEGOSO

    Mas vai! Vai na mesma carrada!

SIMÃO

    Vou nada!

FEDEGOSO

    Vai, e sua mulher vai também!

SIMÃO

   Agora é que eu sei que não vou mesmo!
   Eu, inda podia ser, mas Nevinha?
   Nevinha é gente fina,
   não pode ir de jeito nenhum!
   Se Nevinha for pro Inferno,
   é da vez que o Inferno cai!

FEDEGOSO *(Tentando agarrá-lo.)*

   É? Então você vai!

NEVINHA

   Simão!

SIMÃO

   Espere lá, rapaz! Vai pra lá!
   Vai pra lá, que o negócio
   comigo é diferente! Sabe quem sou eu?
   Aqui é o poeta Joaquim Simão!
   Minha lei é: "Escreveu, não leu,
   o cacete comeu!"

FEDEGOSO *(Dando-lhe um bote.)*

   Você vai comigo e é já!
   Bâ-â-â! Puf, puf!

NEVINHA

   Cuidado, Simão!

SIMÃO

   Não tenha medo não, Nevinha,
   que, comigo, é na bolacha!

Tome! Isso aí é a passagem do ônibus, viu?
Agora, tome o troco!

Dá-lhe duas bolachas, com as duas mãos fechadas, no alto da cabeça. Entra QUEBRAPEDRA.

QUEBRAPEDRA

Bê-ê-ê! Puf, puf!

SIMÃO

Oi, vem outro, é? Não disseram
que estavam carregando Seu Aderaldo?

QUEBRAPEDRA

Seu Aderaldo ficou, amarrado com a mulher,
os dois vigiados pela Cancachorra,
já bem perto do Inferno,
e eu vim para ajudar!
Bâ-â-â! Puf, puf!

SIMÃO

Vá pra lá! Vá peidar pra lá!
Não venha não, que você se estraga!
Dou-lhe uma chapuletada tão da gota
que você se caga!
Eita, parece que eles estão me agarrando?
Valei-me São Pedro, meu padroeiro!

Entra SIMÃO PEDRO.

Simão Pedro *(No ritmo da embolada.)*

>Xarapa velho,
>me sustente essa parada
>com essa gente desgraçada
>que eu cheguei para ajudar!
>Brigue de lá
>que eu, de cá, na confusão,
>é Simão e outro Simão,
>e o Diabo vai se lascar!

Nevinha

>Simão, vá aguentando o repuxo aí,
>que aqui chegou um homem
>com vontade de ajudar!

Fedegoso

>Vá em cima daquele, Cão Caolho!
>Eu levo Simão!

Quebrapedra se agarra com São Pedro.

Simão Pedro

>Eu não vou não!

Simão

>Nem eu! Vai pra lá! Danou-se!
>Parece que eu estou indo?
>Sabe que eu não vou, mesmo?

NEVINHA

>Ai, meu Deus! Simão!

SIMÃO

>Os pestes estão me carregando!
>Desarreda, viu?
>Ai, que o negócio está se apertando!

SIMÃO PEDRO

>Pro lado de cá também!
>Desarreda, viu, Seu Cão?
>Desarreda, que eu não vou!
>Desarreda, que eu não vou!
>E desarreda, que eu não vou!
>Parece que eu estou indo?
>São Miguel!

Toca uma corneta e entra MIGUEL, com espada e lança.

MIGUEL ARCANJO

>Desaba, canalha! Acaba essa confusão!
>Desarreda tudo quanto é de Diabo, aí,
>que este aqui é São Miguel
>e esse aí é o Príncipe dos Apóstolos,
>o Chaveiro do Céu!
>Acaba com confusão,
>que o outro é o protegido dele,
>o poeta Joaquim Simão!

Aqui estou, com minhas legiões,
meus mensageiros de fogo,
meus pássaros de Sol, meus Gaviões,
meus Anjos, meus Arcanjos,
meus Serafins e Querubins,
meus Tronos, Potestades e Dominações!

FEDEGOSO

Ai! Corre, que é São Miguel!

MIGUEL ARCANJO

Corre, canalha! Carga!
Carga de cavalaria nessa canalha!
São Jorge, cerque por lá,
que eu garanto a retaguarda
pelo lado de cá!

Sai correndo, atrás dos demônios. Um estouro. As luzes se apagam e depois acendem.

SIMÃO PEDRO

O negócio estava preto, xarapa,
mas São Miguel entrou de chapa!
A especialidade dele é essa:
é cada pisa no Diabo
que o Diabo fica empenado!
Agora, estou com pena é desses dois desgraçados,
Dona Clarabela e Seu Aderaldo!

Serem carregados para o Inferno
por falta de um Pai-Nosso
e de uma Ave-Maria! É danado!

SIMÃO

É mesmo! Coitado de Seu Aderaldo!
Tão ordinário e ser condenado assim!
Mas será que eles foram, mesmo?

SIMÃO PEDRO

Estão sendo! Andaram fazendo, aqui,
aquelas besteiras,
o Cão pôde chegar perto deles
e deu um prazo.
Dona Clarabela e Seu Aderaldo
não encontraram quem rezasse por eles,
e foram condenados!

NEVINHA

Mas será que o prazo
já está, mesmo, esgotado?

SIMÃO PEDRO

Não sei! Que horas são?

NEVINHA *(Olhando um relógio.)*

Tantas horas.

Diz a hora verdadeira.

SIMÃO PEDRO

    Ainda faltam dois minutos!

NEVINHA

    Vamos rezar, Simão!

SIMÃO

    Não dá tempo não!

SIMÃO PEDRO

    Aí é que eu quero ver!
    Se vocês estiverem treinados, mesmo,
    dá tempo!

NEVINHA

    Corre, Simão! Tira, que eu entro!

SIMÃO

    Ai, meu Deus, já estou atrapalhado.
    Qual é o Pai-Nosso? É aquele que fala em Pilatos?

NEVINHA

    Não, aquele é o Credo! Vai, Simão!

SIMÃO

    Ah, já me lembrei! Pai nosso etc.

NEVINHA

    O pão nosso etc.

SIMÃO

    Ave Maria etc.

NEVINHA

    Santa Maria etc.

SIMÃO PEDRO *(Cronometrando.)*

Puxa!

Dois minutos! Em cima da bucha!

Um estouro. As luzes se apagam e acendem. Entram MANUEL CARPINTEIRO *e* MIGUEL.

MANUEL CARPINTEIRO

Pronto! Olhem, provavelmente
o caso de Aderaldo e Clarabela
era de Inferno, mesmo.
Como eu não sou o Cristo,
como apenas o represento,
acho que posso dizer assim:
o caso daqueles dois
não era nem de fundo de agulha;
acho que eles não passavam
era nem pelo fundo do camelo!
Mas, como eu não quero levar
o Poeta a julgar,
vamos supor que os dois
em vez de entrarem no Inferno,
em cuja porta já se encontravam,
caíram no Purgatório
onde já se instalaram.
Vão levar trezentos anos de tapa

e mais cinquenta de beliscão,
queimaduras e puxavantes de cabelo,
mas escaparam. E vocês, Simão?

SIMÃO

Nós? Eu e Nevinha vamos seguir viagem por aí!
Adeus, velha casa! Que teríamos nós
ainda a fazer aqui?

MANUEL CARPINTEIRO

E sua vida, Poeta? De que vai viver?
Como vai ser seu trabalho? Seu sustento?

SIMÃO

Ora, o senhor inda pergunta?
Carregar carga é pra jumento!
O que eu vou fazer
é escrever três folhetos arretados,
três folhetos chamados
"O Peru do Cão Coxo", "A Cabra do Cão Caolho"
e "O Rico Avarento".
Vendo tudo e é da vez que fico rico!
Rico e desocupado,
vivendo só de escrever,
de tocar e de cantar!
Quanto ao mais, meu programa
é o velho programa sonhado:
"Ô mulher, traz meu lençol,
que eu estou no banco, deitado!"

Sai, com NEVINHA, os dois abraçados.

MANUEL CARPINTEIRO

>Muito bem! Siga em paz
>o Poeta com sua Amada!
>Sirvam Deus e à Igreja,
>guardem amor, fidelidade,
>se querendo sempre muito bem,
>gozando gerações e gerações de paz
>entre seus amigos e descendentes,
>coisa que desejo a todos os que prestem,
>agora e para todo o sempre!

SIMÃO PEDRO e MIGUEL ARCANJO

>Amém!

MIGUEL ARCANJO

>Eu notei que o Poeta saiu
>sem se espantar com nós todos
>e com tudo o que aqui viu!

MANUEL CARPINTEIRO

>Eu passei uma nuvem nos olhos dele
>e também nos da mulher,
>para que os dois se esquecessem
>de todas as coisas escondidas e sagradas,
>divinas e diabólicas que viram hoje, aqui!
>Gostou?

Miguel Arcanjo

    Gostei! Então, nosso trabalho terminou!

    Você quase se desgraça, hein, São Pedro?

Simão Pedro

    Quem, eu? Está doido! A briga estava ganha!

Miguel Arcanjo

    Está conversando, homem!

    Você quase que apanha!

    Se eu não entro...

Simão Pedro

    Mas é danado! Fiquei com a gota

    porque você se meteu!

    O Cão já estava de se matar de chapéu!

    Mas, enfim, tudo terminou!

    Até mais tarde, Nosso Senhor!

    A gente se encontra já, no Céu!

Manuel Carpinteiro

    Espere!

Simão Pedro

    Que é?

Manuel Carpinteiro

    E o queijo?

Simão Pedro

    Ai, é mesmo!

    Que esquecimento, esse meu!

Vamos ver os sonhos:

Nosso Senhor, com que sonhou?

MANUEL CARPINTEIRO

Eu sonhei com toda a Corte celeste:

o Santo e claro Nume resplendendo no meio,

as multidões de Santos,

os Anjos, por ali, a bendizê-las,

e todos — Anjos e Santos — adorando

o claro Amor que move o Sol e as estrelas!

SIMÃO PEDRO *(Aplaudindo.)*

Bonito! E São Miguel?

MIGUEL ARCANJO

Eu sonhei com as cortes infernais!

Com Satanás, o Arcanjo decaído,

luciferino, turvo e reluzente,

molhado e perseguido das estrelas,

sendo precipitado eternamente

no abismo desgraçado e alucinante,

e ali guardado, insone e sem remédio,

por uma legião de fogo e bronze

e por um Sol de trevas chamejantes!

SIMÃO PEDRO *(Aplaudindo.)*

Bonito!

MANUEL CARPINTEIRO

E você, São Pedro? Com que sonhou?

Simão Pedro

>Eu sonhei que, enquanto Nosso Senhor
>estava no Céu,
>olhando a Luz celeste glorificada,
>e Miguel chefiando, como sempre,
>a legião dos Arcanjos rutilantes,
>para restaurar a ordem destroçada,
>eu, pescador ignorante,
>homem sem grandes sonhos e desejos,
>ficava envergonhado de dar
>a duas pessoas tão notáveis
>um objeto tão grosseiro como um queijo!
>Então, sonâmbulo, como sempre fui,
>acho que me levantei,
>porque quando acordei,
>tinha comido o queijo:
>só estas cascas encontrei!

Manuel Carpinteiro

>Foi, de fato, o melhor sonho!
>Eu só escolho certo:
>quando escolhi este para Príncipe dos Apóstolos
>e Chefe da Igreja,
>foi porque sabia que o cabra era esperto!
>Vamos, então, à moralidade!

Miguel Arcanjo

>Os distintos cavalheiros e senhoras
>tiveram moralidade, religião,
>teatro, diversão,
>aqui e ali um pouco de pavor,
>aqui e ali um pouco de alegria!
>Este é o produto que venho tentando passar
>em benefício da nossa distinta freguesia!

Simão Pedro

>Agora perguntarão:
>"Quanto temos de pagar
>por esse pedaço de alegria?"

Manuel Carpinteiro

>É o que vou dizer, lembrando que,
>enquanto nossos concorrentes
>cobram por um produto que, modéstia à parte,
>é inferior ao nosso,
>a importância de...

Aqui, o ator acrescenta algum dinheiro ao preço da entrada.

>...nós estamos cobrando
>por este produto especial,
>o melhor da praça,

a módica importância de... *(Diz o preço da entrada.)*

É de graça, cavalheiros, é de graça!

SIMÃO PEDRO

Há um ócio criador,

há outro ócio danado,

há uma preguiça com asas,

outra com chifres e rabo!

MIGUEL ARCANJO

Há uma preguiça de Deus,

e outra preguiça do Diabo!

MANUEL CARPINTEIRO

E então, a moral é essa,

que mostramos à porfia!

SIMÃO PEDRO

Viva a preguiça de Deus

que criou a harmonia,

que criou o mundo e a vida,

que criou tudo o que cria!

MANUEL CARPINTEIRO

Viva o ócio dos Poetas

que tece a beleza e fia!

MIGUEL ARCANJO

Viva o Povo brasileiro,

sua fé, sua poesia,

sua altivez na pobreza,

fonte de força e Poesia!

Viva Deus, viva seu Filho...

Manuel Carpinteiro

E viva a Virgem Maria!

Os Três

Mãe de Deus e nossa Mãe,

mãe do sonho e da alegria!

Pano.

Recife, 18 de novembro de 1960.

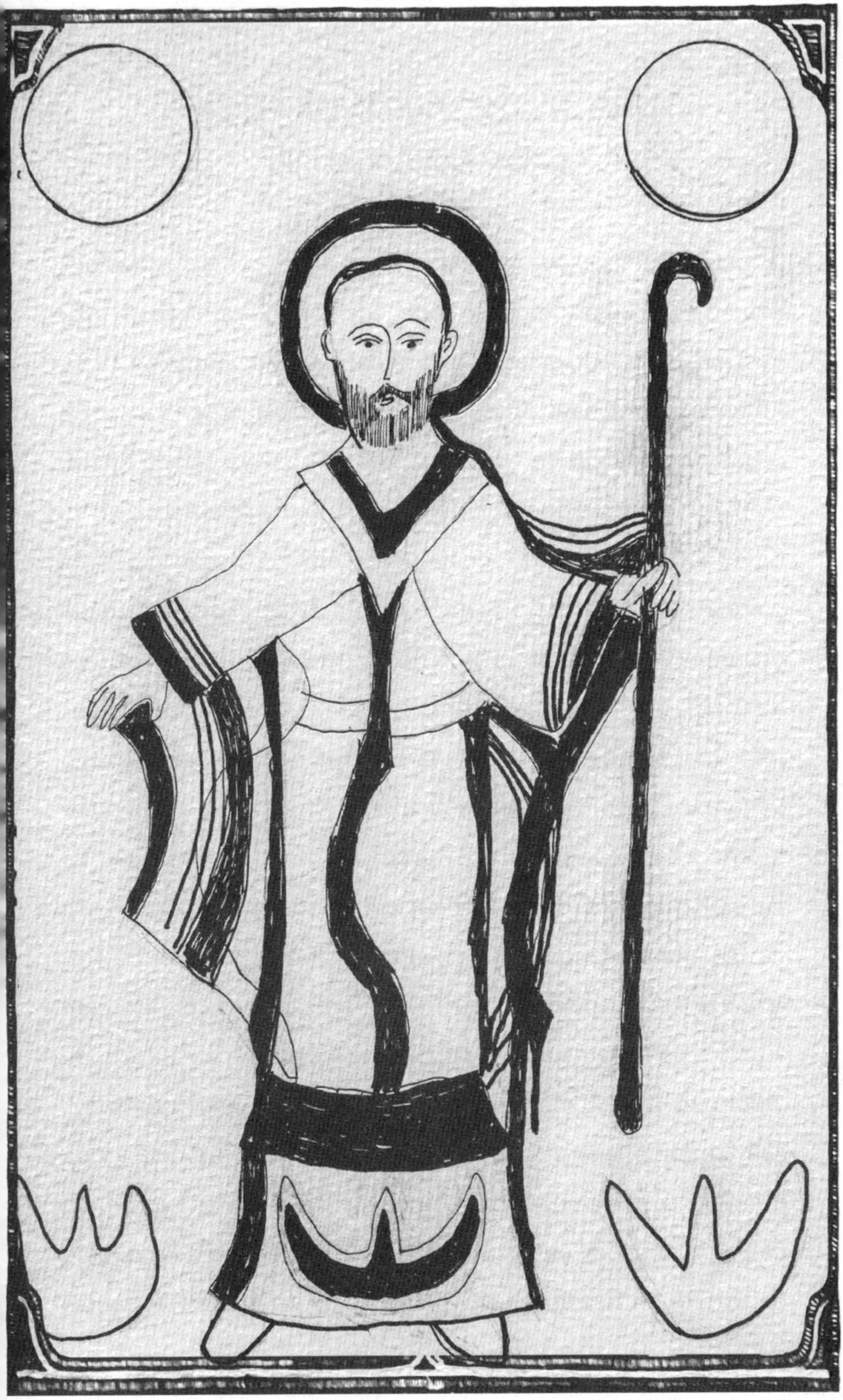

Nota Biobibliográfica
Carlos Newton Júnior

Poeta, dramaturgo, romancista, ensaísta e artista plástico, Ariano Vilar Suassuna nasceu na cidade da Paraíba (hoje João Pessoa), capital do estado da Paraíba, em 16 de junho de 1927. Filho de João Urbano Suassuna e Rita de Cássia Vilar Suassuna, nasceu no Palácio do Governo, pois seu pai exercia, à época, mandato de "Presidente", o que correspondia ao atual cargo de Governador. Terminado seu mandato, em 1928, João Suassuna volta ao seu lugar de origem, o sertão, fixando-se na fazenda "Acauhan", no atual município de Aparecida. Em 9 de outubro de 1930, quando Ariano contava apenas três anos de idade, João Suassuna, então Deputado Federal, é assassinado no Rio de Janeiro, vítima das cruentas lutas políticas que ensanguentaram a Paraíba, durante a Revolução de 30. É no sertão da Paraíba que Ariano passa boa parte da sua infância, primeiro na "Acauhan", depois no município de Taperoá, onde irá frequentar escola pela primeira vez e entrará em contato com a arte e os espetáculos populares do Nordeste: a cantoria de viola, o mamulengo, a literatura de cordel etc. A partir de 1942, sua família fixa-se no Recife, onde Ariano iniciará a sua vida literária, com a publicação do poema "Noturno", no *Jornal do Commercio*, a 7 de outubro de 1945. Ao ingressar na Faculdade de Direito do Recife, em 1946, liga-se ao grupo de estudantes que retoma, sob a liderança de Hermilo Borba Filho, o Teatro do Estudante de Pernambuco (TEP). Em 1947, escreve sua primeira peça de teatro, a tragédia *Uma Mulher Vestida de Sol*. No ano seguinte, estreia em palco com outra tragédia, *Cantam as Harpas de Sião*, anos depois reescrita sob o título *O Desertor de Princesa* (1958). Ainda estudante de Direito, escreve mais duas peças, *Os Homens de Barro* (1949) e o *Auto de João da Cruz* (1950). Em 1951, já formado, e novamente em Taperoá, para onde vai a fim de curar-se do pulmão, escreve e encena o entremez para mamulengos *Torturas de um Coração*. Esta peça em um ato, seu primeiro trabalho ligado ao cômico, foi escrita e encenada para receber a sua então noiva Zélia de Andrade Lima e alguns familiares seus que o foram visitar. Após *Torturas*, escreve mais uma tragédia, *O Arco Desolado* (1952), para então dedicar-se às comédias que o deixaram famoso: *Auto da Compadecida* (1955), *O Casamento Suspeitoso* (1957), *O Santo e a Porca* (1957), *A Pena e a Lei* (1959) e *Farsa da Boa Preguiça* (1960). A partir da encenação, no Rio de Janeiro, do *Auto da Compadecida*, em janeiro de 1957, durante o "Primeiro Festival de Amadores Nacionais", Suassuna é alçado à condição de um dos nossos maiores dramaturgos. Encenado em diversos países, o *Auto da Compadecida* encontra-se editado em vários idiomas, entre os quais o alemão, o francês, o inglês, o espanhol e o italiano, e recebeu, até hoje, três versões para o cinema. Em 1956, escreve o seu primeiro romance, *A História do Amor de Fernando e Isaura*, que permanecerá inédito até 1994. Também em 1956, inicia carreira docente na Universidade do Recife (depois Universidade Federal de Pernambuco), onde irá lecionar diversas disciplinas ligadas à arte e à cultura até aposentar-se, em 1989. Em 1960, forma-se em Filosofia pela Universidade Católica de Pernambuco. A 18 de outubro de 1970, na condição de diretor do Departamento de Extensão Cultural da Universidade Federal de Pernambuco, lança oficialmente, no Recife, o Movimento Armorial, por ele idealizado para realizar uma arte brasileira erudita a partir da cultura popular. Passa, então, a ser um grande incentivador de jovens talentos, nos mais diversos campos da arte, fundando grupos de música, dança e teatro, atividade que desenvolverá em paralelo ao seu trabalho de escritor e professor, ministrando aulas na universidade e "aulas-espetáculo" por todo o país, sobretudo nos períodos em que ocupa cargos públicos na área da cultura, à frente da Secretaria de Educação e Cultura do Recife (1975-1978) e, em duas ocasiões, da Secretaria de Cultura de Pernambuco (1995-1998 / 2007-2010). Em 1971, é publicado o *Romance d'A Pedra do Reino e o Príncipe do Sangue do Vai-e-Volta*, um longo romance escrito entre 1958 e 1970, e cuja continuação, a *História d'O Rei Degolado nas Caatingas do Sertão — Ao Sol da Onça Caetana*, sairá em livro em 1977. Na primeira metade da década de 1980, lança dois álbuns de "iluminogravuras", pranchas em que procura integrar seu trabalho de poeta ao de artista plástico, contendo sonetos manuscritos e ilustrados, num processo que associa a gravura em offset à pintura sobre papel. Em 1987, com *As Conchambranças de Quaderna*, volta a escrever para teatro, levando ao palco Pedro Dinis Quaderna, o mesmo personagem do seu *Romance d'A Pedra do Reino*. Em 1990, toma posse na Academia Brasileira de Letras, ingressando, depois, nas academias de letras dos estados de Pernambuco (1993) e da Paraíba (2000). Faleceu no Recife, a 23 de julho de 2014, aos 87 anos, pouco tempo depois de concluir um romance ao qual vinha se dedicando havia mais de vinte anos, o *Romance de Dom Pantero no Palco dos Pecadores*.

Direção editorial
Daniele Cajueiro

Editora responsável
Janaína Senna

Produção editorial
Adriana Torres
Mariana Bard
Laiane Flores

Fixação de texto e nota biobibliográfica do autor
Carlos Newton Júnior

Revisão
Bárbara Anaissi
Eduardo Carneiro

Direção de arte
Manuel Dantas Suassuna

Capa e projeto gráfico
Ricardo Gouveia de Melo

Diagramação
Filigrana

Este livro foi impresso em 2025, pela Reproset, para a Nova Fronteira
O papel do miolo é Offset 75g/m² e o da capa é cartão 250g/m².